開門一看，
眼前站著一位美少女——
「白木求學長，
好久不見。」
借給朋友500圓，
他竟然拿妹妹來抵債，
我到底該如何是好
1
U0025962

「我的問題是……獨居男子最欠缺的東西是什麼呢！」
（不行，現在不是發呆的時候，
朋友的妹妹
臉紅心跳的
生活——！？

我得趕快完成
自己該做的事！）
「學、學長！
這是不是你剛脫下來的……的……」
突然與
展開令人
同居

「結愛姊……
就算店裡沒有客人，
妳這樣還是貼得太近了吧？」
「沒差吧？
反正店裡又沒有客人。
而且我跟小求的關係
也不普通啊。」

借給朋友500圓，他竟然拿妹妹來抵債，我到底該如何是好

1

としぞう
插畫 雪子

Kadokawa Fantastic Novels

I lent 500 yen to a friend,
his sister came to my house
instead of borrowing,
what should I do?

插畫　雪子

CONTENTS

第1話

關於我借給朋友五百圓，他竟然拿妹妹來抵債這件事

現在到底是什麼情況？

眼前的光景毫無真實感，我只能不斷眨眼，整個人僵住不動。

有一位少女站在我眼前。

那頭黑髮反射著陽光，像是絹絲般隨風飄舞。

那對形狀漂亮的大眼睛筆直注視著我。還有細長高挺的鼻子。雖然不像有化妝，嘴唇卻異常紅潤。

這位彷彿會出現在電視另一頭，無可挑剔的美少女就站在我獨居的公寓門口。

「白木求學長，好久不見。」

她清楚明白地叫了我的名字，聲音就跟朗讀原稿的女主播一樣清澈響亮。

沒錯，我跟她不是初次見面。儘管我們不是很熟，但也不是陌生人，自己並不訝

異她知道我叫什麼名字。

可是，我還是完全想不通她為何會出現在這裡。因為她來得實在太突然，而那個比我更了解這女孩的傢伙，完全不曾提到這件事。

這個稱呼我學長的女孩比我小一歲，而且還像是要強調自己的身分一樣，穿著高中指定的水手服。

雖然只有時隔半年——不，因為那是夏季制服所以應該是一年才對，這套過去每天都會看到的制服，還是讓我覺得非常耀眼。

她身上散發的強烈美少女氣場，以及現役高中生的青春活力都讓我受到震撼，無法做出任何反應。看到這樣的我，她揚起嘴角露出微笑，然後——

「謹遵哥哥吩咐，小女子來擔任抵押品了。今後還請學長多多指教！」

她說出了這句出人意表的話。

大學生大致可以分成兩種。

一種可以充分運用當上大學生後的大量自由時間，另一種則無法做到這件事。

從高中升上大學後最大的變化，就是學校變成了學分制。

雖然也有些高中採用學分制，但我過去就讀的高中是由校方排定課表，學生只能照著課表上課，每天都要乖乖上六到七小時的課。

相較之下，大學的學分制只規定每學期需要拿到多少學分，這讓學生擁有某種程度的自由，可以自行安排課表。雖然想要升級或畢業就得拿到某些必修學分，不能算是完全自由，但只要安排得當就能讓人每天都下午才去上學，或是在每週的六日之外可以額外休假。

在高中時代都是把一年分成三個學期，但大學只有上下兩個學期，而且暑假與春假都變長了。

現在這個從八月開始的暑假，也長達將近兩個月之久。

有些人應該會利用這兩個月的時間去旅行，或是專心投入社團活動……甚至是花時間做些平時無法做的事情。

可是就我來說，只覺得這個漫長的假期讓人閒得發慌。

沒錯，我就是那種當上大學生後無法充分運用大量自由時間的傢伙。

「唉……暑假期間到底該做些什麼啊？」

上課時間結束，學生們魚貫走出教室，宮前昴坐在位子上深深地嘆了口氣。

昴是我上了高中後交到的朋友。雖然我們開始交談的契機，只是因為我們都參加田徑社，但他那種跟天上的雲一樣自在逍遙的個性，讓我跟他相處時總會感到莫名平靜，而他似乎也從我身上感覺到什麼，我們很快就變成了好朋友。

我們兩個現在已經完全可以算是摯友。這麼說會讓我覺得有些難為情就是了。

「欸，求，你這個暑假有什麼計畫嗎？該不會要去旅行……啊！莫非是要跟女朋友到處偷偷亂放閃吧！」

「你說偷偷亂放閃是什麼意思？我又不是小偷。」

昴突然激動起來，讓我忍不住嘆了口氣。

「我根本沒錢可以去旅行，也沒有什麼女朋友……話說回來，這件事你到底要問幾次啊？」

我早已告訴昴好幾次自己沒有女朋友了。

雖然我很懷疑自己為何這麼可悲，必須不斷回答這個問題……但隨著暑假愈來愈接近，昴不知為何一直問我這個問題。不是問是不是交到女朋友了，就是問是不是真的沒有女朋友。

「昴，你一直打聽我有沒有女朋友，該不會只是為了炫耀你自己的女朋友吧？」

「咦！我在炫耀自己的女朋友？你想太多啦！」

儘管昴嘴巴上這麼說，但聲音中充滿喜悅，還露出了可恥的幸福表情。

昴在最近交到人生中第一個女朋友。

早在高中時代，他就一直把「想要交女朋友」這句話掛在嘴邊。連他這個典型的輕浮男生都能交到女朋友，令我覺得十分感慨，但他有了女朋友後就經常炫耀，實在讓人覺得很煩。

昴一副心有所求的樣子，用閃閃發亮的眼睛看著我。

那種火熱的眼神就像在說：「你應該明白我希望你問什麼問題吧？」讓我再次嘆了口氣。

「……昴，你這個暑假打算怎麼過？要跟女朋友一起度過嗎？」

「你這小子！笨蛋！求你這傢伙！別問這種問題啊～」

昴露出暗爽的表情，而我則是心如止水地注視著他。

「其實呢，小菜菜美說她想趁著暑假出去玩啦！可是我也不曉得該去哪裡才好。

你覺得我們是不是應該在附近找個地方走走就好？不對，應該趁夏天帶她去海邊玩？還是說，我應該鼓起勇氣直接帶她去溫泉過夜旅行？」

「別問我啦……」

不知道昴在妄想什麼，他因為興奮而脹紅著臉，讓我忍不住跟他保持距離。

昴的女朋友名叫長谷部菜菜美，也是我認識的人。正確來說，我跟她原本是必修第二外語課的同學，我們兩個先在班上認識，然後他們才透過我互相認識，所以我跟她算是普通朋友……因為這個緣故，聽到他們兩人交往過程中的這些細節，總是讓我覺得有些尷尬。

「要是我突然說要去過夜旅行，不知道小菜菜美會不會被嚇到？因為這樣就好像我圖謀不軌一樣！」

「我不知道啦。你直接去問她不就好了嗎？最好是把人家嚇到不敢接近你。」

「你好冷淡！求，算我求你。你去幫我問問看嘛！」

「你說什麼？」

「因為要是我直接問她，結果被她當成好色之徒，說不定會被甩掉啊！」

「所以為什麼我要幫你向長谷部打聽她對溫泉過夜旅行的想法？這樣只會讓她覺得更噁心吧？」

「你又沒差。反正跟小菜菜美交往的人又不是你。」

這傢伙到底是怎樣？頭殼壞掉了嗎？

現在的昴就是這麼煩人，煩到讓我忍不住對他做出這麼刻薄的評論。

可是如果不想想辦法，他只會繼續糾纏我，於是我硬是轉移話題。

「對了。昴，上次借給你的五百圓，你什麼時候要還？」

「咦？」

「喂，拜託別裝作不知道好嗎？」

那大概是一個月前的事。昴吵著說他把錢包放在家裡忘記帶，我只好借給他五百圓。我還記得他當時完全不在乎別人的目光，就這樣大吵大鬧，反倒令我感到焦急。

「算了，不過是區區五百圓，我也不打算硬要你馬上還錢啦。」

我剛才也是偶然想起這件事才會隨口問問，現在其實並沒有那麼缺錢。

雖然我進到大學後就開始獨自生活，經濟狀況很難算是寬裕，幸好有父母給的生活費，自己也有在打工。我既沒有很花錢的興趣，也不像昴那樣需要煩惱該跟女朋友去哪裡玩的問題，所以存款反倒一直慢慢增加。

跟昴討回這五百圓應該得耗不少力氣，我甚至覺得乾脆讓他借錢不還也不錯。

「求，先別急！我當然記得這件事！我確實向你借了五百圓！而且還沒還！」

昴不知為何突然變得焦慮。雖然這反應不太自然，但他有想起這件事就好……？

「不過……五百圓啊……真是麻煩呢……」

「昴？」

「五百圓啊……我昨天剛好花掉了，現在手上沒那麼多錢呢……」

「咦？你現在身上連五百圓都沒有嗎？」

我不由得嚇了一跳。這傢伙明明也是獨自生活，想不到手頭竟然如此拮据，簡直到了要吃草的地步。

「不對，這種說法其實不太正確！我是說如果扣掉房租和手機通話費，還有……還有各種支出，我就沒錢可以還你了……」

「那就算了。你不用還我也沒關係。」

「不行！這樣我會對不起宮前昴這個名字！也沒臉面對把我養育成人的父母！」

「那你當時就不該跟別人借錢。」

順帶一提，昴的家境還算不錯。我去過他家好幾次，因為他家是一間頗為氣派的房子，讓我忍不住拿自己家那間普通上班族家庭的房子做比較。

不過，如果他連五百圓都拿不出來，確實也沒臉去見自己父母。

「話說回來，我記得你的生活費和房租都是讓父母幫忙出的不是嗎？你都讓他們出那麼多錢了，區區五百圓……」

「你要我為了五百圓向自己父母低頭嗎！你是厲鬼還是惡魔啊！」

「呃……不，我不是那個意思……！」

看到他一臉激動的樣子，我立刻收回自己剛才那句話。

我不明白自己為什麼要被罵……但我想這傢伙的手頭大概真的很緊吧……

「總而言之，錢我一定會還！雖然會還……希望你能再給我一點時間。」

「知道啦。」

「我想也是……你果然還是希望我馬上還錢……」

「不，我沒有要你馬上還錢。」

「我很能體會你心中的不滿！既然這樣，那我也沒辦法了！」

「聽我說話啊。」

昴心裡似乎有個奇怪的開關打開了。他已經完全沉浸在自己的世界裡，不管我說什麼都聽不進去。

我覺得他應該會做出麻煩的提議，但過去的經驗讓我明白，如果硬是阻止他，事情反倒會變得更麻煩，於是我決定隨他高興。

「我不會讓你白白等我還錢。我願意拿出抵押品作為代價！」

「抵押品？」

負債的抵押品，也就是擔保品的意思。

不對吧，只不過借了五百圓，有必要拿出抵押品給債主嗎……？

「喂，昴，我只借給你五百圓耶。」

「我知道！我會拿出跟自己這條命一樣重要的抵押品給你！做好覺悟等著吧！」

不行，這傢伙沒救了。他只是想以拿出抵押品為藉口，向我炫耀某種東西吧。

只為了五百圓的負債就交出與自己的性命一樣重要的東西，就算是昴也不會蠢到這種地步。

「……那我就做好覺悟等著你吧。」

我如此回答後，這段對話就結束了。

我當時只覺得這個關於抵押品的約定，只是昴一時興起亂說的蠢話，應該沒必要放在心上才對……

◇◇◇

「啊……！」

「……學長？怎麼了嗎？」

我剛才看到了什麼？死前的走馬燈？可是我又沒有面臨生死關頭。

我想起來了。因為來到我家的女高中生說了奇怪的話，讓我短暫失去意識……雖然時間大概只有幾秒鐘左右，可是……

「呃……這位小姐……」

「學長請說。」

「妳是宮前朱莉對吧？就是昴的妹妹。」

「……我就是！」

眼前這位女高中生——小朱莉稍微愣了一下，就露出讓人看了覺得很舒服的燦爛笑容，輕輕點了點頭。

沒錯，這個女孩就是我那個剛才出現在走馬燈裡的摯友——不，是損友宮前昂的親妹妹。

「那個……小朱莉？」

「是的，學長，請問有何指教？」

「希望我只是聽錯，妳剛才說……要來擔任抵押品……」

「你沒有聽錯喔。我來這裡是為了當哥哥負債的抵押品。」

「呃……原來是這樣啊，嗯……？」

我總算確認她的來意，試著在腦海中思考那句話的意思，結果大腦卻無法理解，讓我忍不住抱頭苦惱。

夏天的蟬鳴聲不知為何在腦海裡迴盪，聽起來異常清晰。對了，現在已經日正當中，但我卻趁著暑假期間睡懶覺，直到剛剛才起床，大腦還處於缺氧狀態沒辦法好好思考——

「總之先進來再說吧？」

「啊……好的！打擾了！」

為了應對這個突如其來的狀況，我決定先請她進到家裡。

畢竟我不能讓小朱莉在這種大熱天一直待在外面，而且要是被附近鄰居看到一個女高中生站在我房間的門口，肯定會招來奇怪的誤會！

不過，把一個說要來當抵押品的女高中生請進房間，聽起來更有犯罪的感覺！

至於小朱莉深深地向我低下頭，完全沒有表現出不情願的樣子，反倒有些放心地鬆了口氣，讓我不難想像她肯定也遇到了不少麻煩。

「呃……喝麥茶行嗎？」

「啊，請不用顧慮我……」

「這怎麼行，我看妳流了不少汗。」

畢竟車站離這裡有一段距離，走過來的時候應該很熱吧。她身上那件夏季水手服也因為汗水變得有些透明。

不過幸好水手服底下不是只有內衣，還穿了一件類似小可愛的衣服，讓我不必煩惱該把視線放在哪裡。

總之，我把小朱莉帶進家裡並讓她坐在坐墊上，還把事先泡好放在冰箱裡的麥茶倒進杯子。啊，或許應該幫她加點冰塊。

「那個，學長……」

小朱莉姿勢端正地跪坐在坐墊上，小聲向我這麼說道：

「十分不好意思，如果你這裡有砂糖，希望可以幫我加進麥茶……」

在說出這句話的同時，小朱莉羞紅著臉低下了頭。

她會用這種說法，或許是因為身為客人卻提出要求，讓她覺得很難為情吧。

不過，我也完全沒料到她會要求在麥茶裡放砂糖。

「砂糖啊……用糖包行嗎？」

「啊，完全沒問題！謝謝學長！」

幸好我之前想在家裡泡咖啡來喝時有買起來放。雖然這些糖包最後幾乎都沒用到就是了。

小朱莉的表情逐漸變得柔和，伸手接過糖包，把砂糖倒進我端出來的麥茶。

「啊……麥茶是冰的，砂糖可能不會完全融化。」

「沒關係，我也喜歡杯子裡還留有一點砂糖的感覺。呵呵，甜甜的真好喝。」

喝下加了砂糖的麥茶後，小朱莉露出開心的微笑。

她喝麥茶的樣子令我感到有些懷念，因為那種把砂糖加進麥茶裡的喝法，在我讀小學的時候曾經流行過一段時間。

我還記得是因為大家的家裡都有麥茶，我就跟朋友們試著找尋有趣的喝法，才會引起喝麥茶加糖的風潮。

小朱莉可能也有過類似的經驗吧。不過我不知何時已不再喝加糖麥茶了。

「呃……我重新打個招呼吧。好久不見。」

「學長，好久不見。自從你們的畢業典禮後，我們就不曾見面了呢。」

我們隔著矮桌對坐，但我直接坐在地板上，小朱莉則是特地擺出端正的坐姿。

話說回來，畢業典禮啊……雖然那不過是五個月前的事情，我卻已經覺得有點懷念了。

「學長，你還記得嗎？畢業典禮結束之後，我曾經向你道別……」

「當然記得喔。」

我還不至於忘記五個月前發生的事情。我覺得那是因為昴當時就在旁邊，但小朱莉特地快步跑到我面前，臉頰因為體溫上升變得紅潤……呼吸也有些急促，看起來非常緊張，即使如此她仍然以最棒的笑容為我獻上祝福，讓我留下了深刻的印象。

她是在校生，不是畢業典禮的主角，卻像是鎂光燈的焦點般受人矚目。

「當時我發自心裡認為可以交到昴這個朋友真是太好了。」

「咦？這話是什麼意思？」

「因為可以得到小朱莉這種校園名人的祝福，可不是誰都有的福利。」

她只比我小一歲，卻是連我們這個年級——不，是全校都會談論的名人。

可愛的外表不用多說，她的個性也很開朗，甚至有種高雅的氣質……我不只一次懷疑她是否真的是那個昴的妹妹。

「我……我才不是什麼校園名人呢……」

小朱莉一邊這麼說一邊紅著臉低下頭。

糟了。我當著本人的面說這種話，她當然會不知道該做何反應。

「啊、那個……妳要再來一杯麥茶嗎？」

「啊，好的。如果方便的話……」

「當然沒問題喔。」

儘管轉得有點硬，但我硬是打斷這個話題，拿著空杯子站起來。

然後當我走到廚房把麥茶倒進杯子裡時——突然看到杯緣還殘留著唇印。

小朱莉好像沒塗口紅，這應該是護唇膏吧。不過這個唇印還挺明顯的……

（呃，我在胡思亂想什麼啊！對方可是朋友的妹妹耶！）

我在湧上心頭的奇妙情感還沒成形之前喝斥自己，硬是把這股情感壓回去。

就算昴最近一直拿沒女朋友這件事刺激我，要是我對他的妹妹懷有奇怪的想法，也未免太沒節操了吧。

（對了，自從開始獨自生活後，這還是第一次有女孩子來到家裡……不對不對！我不能繼續想下去了！）

我努力壓抑著那股只要想到就會不斷湧上心頭的情感，把重新倒好麥茶的杯子與一包糖包放在小朱莉面前。

「來，請用。對了，雖然這個問題我已經問過了，妳怎麼會來我家呢？」

然後我立刻轉移話題。我們終於能聊聊這個最重要的話題，也就是事情為何會變成這樣。

「當然是為了來當哥哥債務的抵押品啊。」

但我得到的回答跟一開始相同，聽起來像在開玩笑。

雖然小朱莉臉上掛著令人愉快的笑容，一點都不像在跟我開玩笑就是了……

「我說啊，有很多想吐槽的地方，首先妳知道我借昴——妳哥哥多少錢嗎？」

「知道，一共是五百圓對吧。」

「啊，原來妳知道啊……」

雖然有搞清楚狀況通常是件好事，這次卻顯得有些微妙。

小朱莉不知為何認同了她被當成五百圓債務的抵押品這件事。換句話說，就是她的價值相當於五百圓。

宮前一家人的金錢觀到底是怎麼回事？明明是有錢人，卻還活在過去那種幾分幾角的幣值觀念中嗎？

「就算金額只有五百圓，也依然算是金錢借貸。既然還不出錢，就算用身體抵債也是合乎情理的行為。這可是世間的常識。」

「沒這麼誇張吧……」

「這樣一點都不誇張！俗話說：『嘲笑一分錢的人，必定會為一分錢哭泣。』一分錢是零點零一圓，所以五百圓是一分錢的五萬倍。如果一分錢能讓人哭一次，五百圓就能讓人哭上五萬次。要是哭了那麼多次，人就會因為脫水而死！」

不知道她是認真的還是在跟我開玩笑，小朱莉用相當猛烈的氣勢如此斷言。

她的眼睛閃閃發亮，看起來異常地有魄力，感覺沒辦法輕易說服她。

「事情就是這樣，學長！」

「什、什麼！」

「要是哥哥因為脫水倒下了，先不論我自己，父母也會受到打擊。我不想讓父母親難過，在哥哥還錢之前，我很樂意成為學長的東西！這件事已經決定了，就算天翻地覆也不容改變！」

「我有表達意見的權利——」

「當然沒有！」

「啊，原來沒有啊……」

我總覺得會這樣。畢竟小朱莉也給我一種想順勢把這件事變成定局的感覺。

不過我好歹是債權人。債權人說話這麼沒分量，到底是怎麼回事？

……也許是我把心中的無奈表現在臉上了吧。小朱莉原本的氣勢突然消失無蹤，一臉不安地低下頭。

「那個……學長，如果你堅持要拒絕，我也是會受傷的……難道我連五百圓的價值都沒有嗎……？」

「不，妳誤會了。我並不是要拒絕妳……只是覺得不該用金錢來衡量一個人！」

「學長，雖然話是這麼說沒錯，但不管是勞動還是什麼都一樣，現代社會的人都是靠著出賣自己的時間與身體來取得報酬。雖然從事服務業的人都說微笑免費，但其實那些微笑也算在時薪裡面！」

「這種說法也未免太直接了吧……」

「這都是小璃告訴我的。」

「小璃又是誰啊！」

「她是我朋友，在某間速食餐廳打工……咦？還是早就辭職了啊？」

「妳問錯人了吧！」

雖然我不認識那個名叫小璃的傢伙，但小朱莉應該是想告訴我，她說要用自己幫哥哥抵債，意思其實就跟打工差不多吧。這就像付不出餐費的客人，也會透過幫忙洗碗來取得店家的原諒一樣。

「事情就是這樣，學長，請你儘管使喚我吧。那個……如果是學長，不管要我做

什麼都願意接受！」

「慢著，妳為什麼要做好那種悲痛的覺悟……！」

「我並不認為這是悲痛的覺悟……」

小朱莉疑惑地歪著頭。不過我覺得願意獻出自己的身體，不管對方提出什麼要求都願意接受，當然是一件需要做好悲痛覺悟的事情……

不管怎麼說，讓朋友的妹妹長時間待在自己房間裡，對我的精神恐怕會有不好的影響。也不忍心讓她一直把自己是抵押品這句話掛在嘴邊，現在還是乖乖照著她的話去做，讓她趕快完成價值五百圓的工作，儘快抵銷掉昴的債務吧。

「好吧。小朱莉，那我就不客氣了。」

「學、學長請說！」

小朱莉的身體抖了一下，露出緊張的表情盯著我看。她該不會以為我會提出奇怪的要求吧？這讓我有點受到打擊。

不過其實我也不知道該提出什麼要求……老實說這件事來得太過突然，我的腦海中完全沒有想法。

這一切可能都是昴策劃的整人大作戰，那傢伙很可能會在某個時間點拿著攝影機衝進屋裡，但如果可以解決這個讓人無所適從的狀況，說實話我一點都不在乎。

我絕對不是討厭跟小朱莉在一起，也不是覺得跟她在一起很難受，我反而還挺喜歡她的。畢竟她是個關心哥哥的好女孩。

不過我實在想不到她對哥哥的愛，竟然讓她願意當五百圓債務的抵押品……

不，現在最重要的事情是我得提出一個要求，還得讓我們雙方都認同那個要求價值五百圓，把這件事解決掉。這對我們彼此都好。

「好，我決定了。小朱莉，妳說過不管什麼事都願意做對吧？」

「嗚……！我、我是這麼說過……！」

「那……可以麻煩妳幫我把房間清乾淨嗎？」

「…………咦？」

小朱莉不知為何頓了一下才做出反應。

我覺得讓女高中生幫獨居男子打掃房間是一個很過分的要求，但在遇到這種情況的時候，提出這種要求應該還算正常吧。

不過，小朱莉既沒有對我感到輕蔑，也沒有乾脆地接受這個要求，而是表現出有些傻眼與失望的反應。

「那個……學長，你說要我幫忙清乾淨……」

「是、是啊。」

「不是幫你清乾淨，是要我把這個房間清乾淨嗎？」

「幫我清乾淨……？不，我就是希望妳幫忙打掃這個房間。」

「唉……」

她竟然毫不掩飾地嘆氣！

「……我明白了。俗話說得好，欲速則不達，而且該怎麼說呢，我也還沒做好心理準備之類的。」

「小朱莉？抱歉，妳不喜歡打掃嗎？不然我想點別的——」

「沒關係，我並不討厭打掃！那是我的專長之一，利用這些事情確實累積分數也很重要……我會全力以赴的！」

小朱莉鼓足鬥志，用力地點了點頭。

雖然她說要累積分數，但負債的金額只有五百圓。

我不知道該怎麼換算成時薪，就算低估一點，也應該不用一小時就能還清了吧。

如此這般一個小時之後——

「呼……這樣應該就行了吧。」

小朱莉露出滿意的笑容，擦去額頭上的汗水。

因為我才剛開始獨自生活，房間裡的東西並不多，原本還以為不是很髒，結果現在明顯變得乾淨許多。

整個房間不可思議地看起來閃閃發亮。

「學長，這樣你還滿意嗎！」

小朱莉露出得意的笑容，雙手扠腰挺起胸膛。為了打掃房間，她還在水手服上套了件圍裙，看起來還挺有模有樣的。

「妳真厲害……看起來比我剛搬過來時還要乾淨耶。」

「呵呵，那就好。」

小朱莉開心地露出微笑，把各種清潔用品放回原本的容器，最後放進她帶過來的背包裡。

沒錯，這些清潔用品都是小朱莉帶過來的。雖然那些清潔用品都小巧方便，可以讓人隨身攜帶，但她特地把這些東西帶過來，還是讓我感受到她的幹勁。

看來她就跟大家說的一樣，是個認真乖巧的好女孩吧。這讓我更過意不去了。

「那我今後會每天幫你打掃喔。」

「每天？不、不用了，這樣太不好意思了吧……？」

老實說，她剛才為我做的事情，不管是工作量還是成果都遠遠超過五百圓，要是讓她每天幫我打掃家裡，這次就換成我需要借錢了。

就算不考慮費用的問題，要她每天幫我打掃也是不可能的事情。

小朱莉當然是住在昴的老家，離我家遠到必須搭乘新幹線才能抵達。畢竟他們家就在我老家隔壁的城鎮……就是因為這樣，當我看到她出現在這裡時，才會感到非常震驚。

「請不要客氣。畢竟我是學長的東西，不管你想怎麼使喚都行喔？」

「妳又把自己說成東西……不過這件事已經結束了。我覺得妳剛才為我做的事，價值早就超過五百圓。這樣妳就算是幫昴還清債務了吧？」

「學長，你在說什麼傻話啊？這樣還遠遠不能算是還清債務喔。」

小朱莉不知為何傻眼地嘆了口氣。

「學長，請你仔細聽好，我記得這個房間的租金加上管理費是七萬圓對吧？」

「咦？妳怎麼知——啊，是昴告訴妳的吧？」

「如果把七萬圓除以一個月的三十天，那一天的租金差不多是兩千三百圓。假如把我剛才打掃房間一小時的時薪算成一千圓，就算拿去抵租金，也還少了一千圓。」

「那個……房租是我要支付的費用，跟妳為我做了多少事情應該沒關係吧……」

「真是的，請學長不要打斷我說話。不然算我們各付一半吧。不過就算把兩千三百圓除以二變成一千一百五十圓，也還是不夠抵掉租金。」

我不知為何挨罵了，然而自己還是無法理解小朱莉說的這些話。

就算她也需要負擔房租的費用，但假如她沒住在這裡，這種算法不就沒辦法成立了嗎……？

「那麼學長，聽我說到這裡，你可能會覺得如果讓我多做一個小時的工作，多賺一千圓的時薪，就能順利還清五百圓的負債……」

「抱歉，我的腦袋還停留在更前面的房租問題上。」

「可是，別說多做一小時了，就算我按照正常的每日勞動時間，在這裡工作八小時，也還是完全無法還清債務！」

「啊，妳還要繼續說下去啊……」

小朱莉似乎沒聽到我說的話，大聲地這麼主張。

那聲音就跟在街頭演講的政治人物一樣充滿魄力。

「因為就算我揮灑汗水賺了八千圓，也會被房租之外的電費與水費等各種費用抵銷掉！」

「等一下！那些費用沒那麼貴吧！」

「可是學長，我每天都想幫手機充電……」

「那種程度的花費根本沒多少吧！」

要是民生基礎花費這麼驚人，這個國家恐怕早就沒半個居民了吧。

儘管沒有那些東西人們就無法生活，那樣哄抬價格還是太離譜了……咦？奇怪？

我們從剛才就一直在討論房租或每日花費的問題，我是不是漏了某個很重要的問題……？

「不、不過就算不考慮房租與電費這些問題，人生在世總是必須付出某些成本。而且我從今天開始就要在學長家裡住下來，考慮到這對你造成的精神負擔，這些勞動也算是一種慰撫金——」

「等、等一下！住下來？妳剛才是說從今天開始要住在我家嗎！」

「是啊，有什麼問題嗎？」

小朱莉疑惑地歪著頭，彷彿這一切都是理所當然的事情。這樣根本不對吧！

「我可沒聽說過這種事。還有為什麼會變成這樣！」

「咦？因為我是哥哥負債的抵押品啊。既然我是學長的東西，若不待在你身邊，不就沒辦法服侍你了嗎？」

「……就算我願意讓妳用自己幫昴抵債好了，我還以為妳會去昴那邊住。」

「那是不可能的事情。我聽說哥哥今天就要去審判了。」

「審判？」

那傢伙終於做了不該做的事情嗎？難怪他沒辦法還我五百圓啊……

「啊，抱歉。剛才發音不太正確。我是說塞班啦。塞班。」

「妳說的塞班該不會是……？」

「就是北馬利安納群島的塞班島。」

「那個可惡的小開……！既然能去塞班島度假，要還錢根本沒問題吧……！」

而且他本來明明還在煩惱該不該去溫泉旅行，結果卻突然去國外旅行！

「總之因為這個緣故，要是學長趕我出去我就會無家可歸，只能在外面的世界獨自徘徊。而且我已經告訴父母，說要趁著大學開放校園時去參觀，順便來找哥哥請他教我念書。」

「可是，妳哥哥不是已經去塞班島了嗎？」

「是啊。」

也就是說，小朱莉為了來這裡而向父母說謊。原來當負債的抵押品是這麼重要的事情嗎？

「那個……學長，果然還是不願意讓我住下來嗎……？」

「嗚……！」

小朱莉低頭看著我，用原本還很清澈明亮，卻因為突然感到不安而變得畏縮的聲音這麼詢問。

雖然心中還存有許多疑惑，但我實在沒辦法把並非完全不認識的朋友妹妹趕出家門，還裝出事不關己的樣子。

就算我把她趕出去，應該也會馬上因為罪惡感與擔憂而心亂如麻吧。

話雖如此，即使她是朋友的妹妹，如果我讓一位異性，而且還是這種美少女住在家裡，要是不小心出事的話——

糟糕，開始覺得頭昏眼花了。

我應該就這樣順著她的意思去做嗎？但是，這件事可沒那麼容易解決。

當我忙著左思右想時，房間裡突然響起輕快的門鈴聲。

「啊，東西好像送來了。」

小朱莉比我早一步做出反應，直接走向玄關。咦？現在到底是什麼情況？

「呼──總算送到了。」

在玄關處理完事情後，小朱莉回到我面前，手裡還拿著出門旅行時使用的巨大行李箱。

「啊，小朱莉，那個該不會是──」

「沒錯，這裡面裝著我的換洗衣物，還有住在這裡需要的各種東西。畢竟我也不能一直穿著制服。」

看來她早就打算在這裡住下，事先就利用宅配把行李寄過來了。

她準備得還真是周到……奇怪？我怎麼有種被人一步步算計的感覺？

「還有就是……」

小朱莉把行李箱擺在房間裡，再次走向玄關。然後當她再次回來時，手裡還抱著某樣東西──

「我的寢具！」

「連寢具都有嗎！」

「要是我一直打地鋪，你應該會覺得過意不去，所以就買了。」

「等一下！就算妳說得一副理所當然的樣子，這樣還是很奇怪吧！」

「啊，學長別擔心。這件寢具算是必要經費，不會對負債金額造成影響。」

「與其說擔心，那件寢具絕對超過五百圓吧！」

「可是這是在宜〇利買的……」

「在宜〇利買的又怎麼樣！」

「因為物超所值，所以沒有吃虧！」

這女孩真的是那個大家公認成熟穩重的宮前朱莉嗎？她該不會是小朱莉的雙胞胎姊妹吧？

小朱莉一臉得意地如此斷言，彷彿一切都是理所當然的樣子，讓我只能冒出這麼失禮的感想。

話雖如此，小朱莉的換洗衣物與各種住宿用品，以及特地買來的寢具擺在眼前也是不爭的事實。

事情進展得如此快速，把保護著我的護城河澈底填平，而且多出來的土石還反過來變成聳立的高山，完全堵住我的退路。

「事情就是這樣。學長……」

然後，順利達成計畫的小朱莉露出今天最燦爛的笑容，轉頭面對我。

「今後請你多多指教！」

「……我順便請教一下，妳打算住到什麼時候……？」

我好像也失去反抗的意志，問了這個和投降宣言沒兩樣的問題。

現在明明才剛過中午，我卻覺得非常疲倦。

「當然是住到解決哥哥的債務問題為止……還有達成我自己的目的為止。」

「妳自己的目的……？」

「內容我不能說。不過，當我達成目的時自然就會告訴你了，就算你不想知道也不行……嘿嘿嘿。」

小朱莉難為情地搔搔臉頰。不行，我完全聽不懂她在講什麼。

「總之，我想這件事應該能在暑假期間解決！」

「這、這樣啊……」

暑假期間……高中生的暑假差不多有一個月，時間不算短。

與她住在一個屋簷下長達一個月之久，我真的有辦法保持理智嗎？

雖然她應該是認定我不會亂來，才敢獨自來到這裡，但就算我完全沒有那方面的經驗，也是個貨真價實的男人。

「看來我還是認真討回這筆債務比較好呢……」

「呵呵，學長別急嘛。讓我們慢慢解決這件事吧。」

小朱莉露出微笑，像是在為今後的同居生活感到興奮和期待。

多虧她個性開朗又不怕生，讓我不至於感到尷尬，話雖如此——

「呼……說了這麼多話，總覺得有點口渴呢。」

我又覺得她的個性有些太過自由奔放。不過，多虧了她的哥哥，我早就習慣跟這種個性**自由奔放**的傢伙相處了。

「沒問題，我幫妳再倒一杯麥茶吧。」

「嘿嘿嘿，謝謝學長。」

我好不容易才移動變得比剛才沉重許多的身體走到廚房，把麥茶倒進變得空空如也的杯子。這次也幫自己倒了一杯麥茶，所以是兩杯。

我按照小朱莉的要求，把砂糖倒進她的那杯麥茶——而且還很自然地幫自己那杯麥茶也加了砂糖。

「呃……嗯，果然很甜。」

這種味道讓我莫名懷念，但感覺比當時還要更甜。

第2話
關於我享用朋友妹妹親手做的料理這件事

「啊！杯子就讓我來洗吧！」

小朱莉拿起兩個空杯子站了起來。

她心情愉悅地哼著歌，左右晃動打掃房間時綁起的馬尾，就這樣進到廚房。

好吧，雖然說是廚房，那裡跟客廳只隔了一扇門，只是那種跟走道連在一起的套房式簡易廚房。

不過仔細想想，這種情況實在讓人難以習慣。

自從我上了大學開始獨自生活後已經過了四個月，但這個房間之前的訪客全是臭男生，這還是第一次有女生造訪——小朱莉是第一個。

啊啊……不行，發現這件事讓我更緊張了。

自己在高中時代也有不少女性朋友，卻從來不曾交過女朋友。我當然也不曾向女生告白，也不曾被女生告白……過著與戀愛完全無緣的校園生活。

甚至還有過跟同一個委員會的女孩稍微聊一點工作上的事情，結果對方就逃走的悲慘經驗……

至於國中時代就更悲慘了。我只記得自己當時全心投入社團活動。唯一相處得不錯的女生，就只有擔任社團經理的學妹吧。

因為相處的時間夠多，她跟我的感情還算不錯，但比起男女之情，我們兩人的關係更像是兄妹，所以那段關係很難算是戀情。

因為這些緣故，我從來不曾謳歌過青春這種東西，要我在這個小小的房間裡跟一位年紀比自己小的女孩同居，不管怎麼想都不是一件容易的事情吧。

而且——雖然這樣有點像是以貌取人，但現在有個不容忽視的重要因素——宮前朱莉是個美少女。

因為是小我一歲的高中生，不太確定能不能說她還是個孩子，但她散發著介於稚氣未脫的「可愛」與「美麗」之間的魅力。

她的身材也很棒。即便隔著水手服，也能清楚看出胸前隆起的雙峰。也許是因為上衣被那對雙峰撐了起來，偶爾會露出小蠻腰。雖然那件小可愛有遮住肌膚，還是藏不住她的水蛇腰——

「話說，我沒事這麼認真分析做什麼！」

我使勁甩頭，硬是忘掉在腦海中浮現的小朱莉倩影。

她是個美少女這件事不需要再次確認。當我還是個高中生時，眾人對她的評價就已經能跨越學年的隔閡，經常傳到我耳中。

……對了，我還記得昴升上高中二年級後，每週都會有兩、三次忘記帶便當，而小朱莉每次都會特地在午休時間過來我們教室，把便當拿給哥哥。

我們班上當然也有許多小朱莉的粉絲，而且不分男女。

小朱莉很有禮貌，每次來到教室都會特地向我問好……不過，我想主因應該是自己每天都跟昴一起吃午飯，讓她無法把我當成空氣。

老實說這讓我有種賺到的感覺。畢竟她是個讓人百看不厭的美少女，看到她每次都幫哥哥送便當的勤奮模樣，就讓我對這個關心哥哥的好女孩感到同情與感動。

沒錯，小朱莉是個關心哥哥的好女孩。

她這次來充當抵押品，或許也是因為太過關心哥哥吧。

光是要去學長的教室，就已經不是件容易的事情吧。想起她每次鼓起勇氣幫哥哥送便當的樣子，就讓我感到心痛，沒辦法隨便拒絕專程來到我家當抵押品的她。因為這件事比送便當更困難。

話說回來，昴那個臭小子……他怎麼可以把妹妹當成債務的抵押品交給別人？他的良心被狗啃了嗎？下次遇到我絕對要揍他一頓。

而且金額還只有區區五百圓。雖然這不是金額多寡的問題，不管是欠一千圓還是欠一萬圓都一樣，但我還是希望這個金額可以更高，至少這樣能讓我的罪惡感稍微減輕一些……！

「……唉。」

「嗚哇！」

某種溫暖的感覺突然搔弄著耳根，讓我忍不住大叫。

我下意識轉頭過去，發現小朱莉的臉不知為何緊貼在旁邊。咦？這是怎麼回事？

「哇、哇哇哇！」

小朱莉睜大眼睛，雙頰逐漸染上一層緋紅，慌張地連退了好幾步，結果不小心絆倒跌坐在地板上。

「妳、妳沒事吧！」

「對、對不起……我看你好像在想事情，不知道該不該跟你說話。」

她是因此才把臉貼那麼近，近到直接呼氣在我臉上，一直盯著我看嗎？

老實說，我剛才完全沒發現這件事。雖然這代表我想得太過投入，但因為就是在想小朱莉本人的事情，現在才會覺得更尷尬。

「我、我已經洗好杯子了，才想問問學長接下來還有什麼吩咐……」

「呃……其實妳不必那麼勤勞。要不要休息一下？」

「這樣啊……太過焦急也不是好事呢。反正我們還有很多時間。」

小朱莉托著下巴，點了點頭表示贊同。然後——

「畢竟我們從今以後就要一起生活了！」

「一起生活……呃，是這樣沒錯啦……」

聽到她明白說出這個事實，讓我不由得有些腿軟。

話說回來，為什麼小朱莉有辦法露出這麼陽光的笑容呢？

果然是因為擺在房間角落的行李箱跟宜○利寢具，讓她有了這樣的勇氣嗎？背後有那樣的靠山，想住下來確實不是什麼大問題。

尤其是後者，明明是還未拆封的新品，卻散發出歷戰強者般的存在感與霸氣。真不愧是敢自稱「物超所值」的品牌。

「對了，學長，我剛才發現一個問題。」

「什麼問題？」

「冰箱裡幾乎沒有東西耶……」

小朱莉還用擔憂的眼神看過來，一副想問我「是不是發生了什麼不好的事？」的樣子。

她明明沒有責備我的意思，我卻不知為何莫名地感到難為情。

她說得沒錯，我家的冰箱裡幾乎沒放任何東西。

剛開始獨自生活時，我還特地到家電量販店選購了這台雙門冰箱，剛買回來時還在裡面放了一些自己做菜用的食材。沒錯，就是自己做菜用的……

「學長，你沒有自己做菜嗎？」

啊，小朱莉的口氣好像有點在責備我的感覺。不過，這也可能只是我的被害妄想症發作。

「那你平常都吃什麼？」

「呃……基本上都是便利商店的便當之類的？」

「唉……」

她居然毫不掩飾地重重嘆氣！

「學長，你這種飲食習慣不行喔。」

「呃……可是最近的便利商店便當意外地好吃——」

「我不是在說味道的問題，而是營養上的問題。」

小朱莉用強烈的語氣否定我的說法，彷彿在教訓不聽話的壞孩子。說實話我完全無法反駁。

畢竟每次跟父母親講電話的時候，他們也都在擔心我有沒有好好吃飯……

「學長，要是你都不吃有營養的食物，就算現在沒問題，十幾二十年後肯定會為了現在的隨便付出代價！正因為你現在還年輕，才更應該過著正常的飲食生活！」

小朱莉使勁握緊拳頭，用堅決的口氣這麼說，讓我覺得莫名地有說服力。

「妳、妳還真懂呢？」

「當然，因為我有在做功課！」

如此說道的小朱莉雙眼發出充滿自信的光芒——讓我實在無法說出「我不願意下廚的最大理由，其實是懶得收拾餐具與廚房～」這種丟臉的藉口。

「不過，每天做菜也確實是一件難事。如果只是做菜倒是還好，收拾餐具與廚房實在太麻煩了。」

「什……妳怎麼連我不願意下廚的理由都知道！難不成小朱莉竟然能看穿我的心思……！」

「因為你的想法都寫在臉上啊。」

雖然我確實是因為太過丟臉而一直不願正視這個問題，但既然小朱莉有辦法完全說中我的想法……不，說不定很多人都有這樣的煩惱。

因為自己邋遢的地方被一個年紀比較小的女孩看穿，讓我覺得很難為情，但小朱莉卻對我露出充滿慈愛的溫暖微笑。

「學長，請放心。從今以後，我會幫你準備好營養滿分的美味飯菜。」

「咦？妳要幫我做飯？」

「請交給我吧。別看我這樣，其實很擅長做菜喔。哥哥的便當都是我做的！」

這個我知道。因為昴經常跟我炫耀。

我記得昴的便當總是菜色豐富，看起來超級好吃。可是——

「咦？學長，難道你從來不曾跟我哥交換配菜嗎？」

「嗯。那傢伙只會向我炫耀，絕對不會把配菜分給我吃。他還說妹妹親手做的料理只有他這個哥哥能吃。」

「那個笨哥哥……！」

咦？小朱莉剛才是不是說出了像是在詛咒昴的話啊……？

不過因為那聲音非常小，也可能只是聽錯了。

「……我明白了。也就是說，學長對我的廚藝完全一無所知對吧？」

「這種說法好像不太正確……」

「不，你就是這個意思。不過，我現在突然湧起鬥志了。」

小朱莉的雙眼閃閃發亮，臉上浮現充滿自信的笑容。

怎麼說呢，剛才的對話似乎讓她做出某種決定。

「既然決定要這麼做……學長！我們出發吧！」

「出發？要去哪裡？」

「當然是去買食材啊！我要讓你好好嘗嘗我親手做的料理，親身體認到我這個抵押品對你來說有多麼管用！」

◇◇◇

於是，我們來到附近一間規模頗大的超市。

雖然這間超市在全國各地都有連鎖店，還有價錢便宜和品項豐富這兩大賣點，就算是手頭不夠寬裕的學生也能放心消費，但其實我已經有三個月不曾前來光顧了。

畢竟我很早就放棄自己做菜，只要家裡附近有間徒步五分鐘可以到的便利商店，就能解決三餐的問題，每當我走進超市，看到貨架上擺滿等著別人料理的食材，心裡就會莫名地感到內疚。

「讓我想想，今天該做什麼料理才好呢～」

因為小朱莉擅長做菜，家裡又很有錢，讓我原本還有些擔心，要是帶她來這種平價超市，她可能會擺出一張臭臉，但看來我白擔心了，她現在反倒開心地哼著歌在店裡選購食材。

此外還換下原本穿著的水手服，改穿T恤與短褲這種休閒清涼的服裝。畢竟即使是夏季制服還是很熱吧。既然她會覺得太熱，又為何要穿著水手服過來呢——

「當然是因為我想好好珍惜高中生這個頭銜啊。」

這好像就是她這麼做的理由。其實我也不是……無法理解。

自從成為大學生後，我現在更能深深體會到高中生的魅力。

不過，雖然小朱莉把水手服脫掉了，依然完全沒有折損她的魅力，那套充滿夏天風情的輕薄衣物，大方地露出她的上臂與大腿，看起來也充滿一種健康美。

小朱莉換衣服的時候，我當然有先到屋外等她，但當我看到她從房間裡走出來的樣子時，還是有一瞬間驚訝得說不出話，美少女果然就是美少女。

然而，這樣還不至於完全趕跑夏天的炎熱。根據手機天氣預報的資料，今天是萬里無雲的大晴天，最高氣溫還會超過三十五度。真叫人受不了。

在來這間超市的路上感受到的暑氣，以及店裡開了冷氣的低溫，讓我因為溫差感到有些倦怠，但小朱莉似乎完全不受影響。這就是所謂的青春活力嗎？

「學長，雖然有點突然，我們來猜謎吧。」

「真的很突然呢。」

「我的問題是……獨居男子最欠缺的東西是什麼呢！」

「咦……？」

獨居男子最欠缺的東西？

我腦海中立刻浮現的答案就是錢。可是，缺錢的不是只有男性。

比起對各種事情都能隨便打發的男性，反倒是還要化妝，各種花費也更多的女性更為缺錢，而這個問題把對象限定為男性，答案應該不是錢吧。

這樣的話……考慮到整段對話的脈絡，這個問題的答案大概跟料理有關吧？說到男人最欠缺的東西——

「……是蔬菜嗎？」

實際說出口後，我發現這個答案還算不錯。

因為小朱莉的哥哥昴超級討厭吃蔬菜。他好像不喜歡那種像是在吃草的感覺。

昴開始獨自生活後，肯定變得更偏食吧。小朱莉應該也認為所有男性都跟自己哥哥一樣。

既然如此，就算小朱莉因此產生偏見，覺得所有男性都討厭吃蔬菜，也不是什麼奇怪的事——

「噗噗！答錯了！」

……結果我猜錯了。真是丟臉。

「正確答案是……女孩子親手做的料理！」

「還有這種答案喔？」

問題的對象不是獨居男性嗎？想也知道很缺乏那種東西吧！

「為求保險起見，我有個問題想請教。妳是從哪裡得到那種資訊的……？」

「這只是我個人自以為是的印象。」

「還真的是很自以為是啊！」

那種自以為是的印象實在太傷沒女人緣男生的心了……！

「不過，我覺得這樣說應該也不算錯。學長說不定會因為都沒吃到女生親手做的料理，沒多久就營養不良死掉了呢。」

「我才不會死掉！就算真的死掉了，也絕對不是因為這個理由！」

我現在還活著就是最好的證據。雖然這個事實太過悲慘，讓我實在不想說出來就是了。

唉，想不到我竟然得告訴朋友的妹妹自己有多麼沒女人緣，真不曉得我前世到底做了什麼壞事。

「但是，請學長放心。現在你眼前不就有個年輕女孩嗎？」

「有人這樣說自己嗎？」

「只要我親手做料理給學長吃，你就能攝取到身體缺乏的營養成分，而我也能證明自己對你有多麼管用……這就是所謂的雙贏不是嗎！」

小朱莉用不知道是認真還是在開玩笑的口氣說著這些話，同時還用熟練的手法把蔬菜與各種食材放進購物車。

「啊啊，學長請放心。你愛吃和討厭吃的東西，哥哥全部告訴我了。」

昴那傢伙連那種事都告訴她了嗎？

「戰爭都是在正式開打前就已經開始。」

「這也未免太誇張了吧？」

「這樣一點都不誇張。自從我在小學的畢業文集裡，寫到將來的夢想是當個新娘後，就一直都是以成為最強的新娘為目標，所以廚房跟超市對我來說就如同戰場。我身為要負責照顧學長的人，完全攻略你的胃是無論如何都無法迴避的聖戰！」

「妳竟然要攻略我的胃！」

「呵呵呵，學長，請做好覺悟吧。」

小朱莉在最後露出有些不懷好意的笑容，讓我深深感受到所謂的小惡魔，就是像她這樣的女孩呢。

◇◇◇

「準備完畢！那麼我馬上開始準備做飯喔！」

從超市回來後，小朱莉立刻穿上自己帶來的圍裙進到廚房。

超市離我家明明不算近，她還拿著不算輕的東西走回來，看起來卻相當有精神。

「學長，順便問一下，你覺得我要做什麼料理？」

「……是咖哩嗎？」

「叮咚叮咚！答對了！想不到你竟然猜對了！學長，你該不會是看穿我的心思了吧？還是說，這就是所謂的心心相印嗎……！討厭啦！」

「不是，因為我看到妳買了咖哩塊。」

因為食材費是我付的，當然很清楚她買了什麼。

她還買了胡蘿蔔、洋蔥、馬鈴薯與豬肉，看就知道她打算做咖哩。

我們也買了五公斤的白米。真是重死人了。

「可是學長，就算買了咖哩塊，也不見得就要做咖哩喔。」

「咦？是這樣嗎？」

「是啊，比如說…………」

小朱莉托著下巴，看著虛空想了幾秒。

「好！那我馬上開始做飯吧！」

「妳竟然就這樣蒙混過關！」

小朱莉硬是結束自己展開的話題。不過，這也是因為我剛才猜對了吧。

「這、這才不算是蒙混過關。學長，太過在意那種小事的男生，可是不會有女人緣喔。」

「這算是小事嗎……？」

「啊，不過讓你在意各種小事而變得沒有女人緣，說不定反倒是件好事呢。」

「不，這樣一點都不好吧？」

儘管我現在沒有女人緣，也不是想要變得有女人緣，但聽到別人說我沒有女人緣比較好，還是有股想否認的衝動。

不過，我沒有女人緣是事實，就算否認也只會讓人感到空虛。

「那麼學長，我要開始準備做飯了。請你別在意我這邊，放輕鬆等上菜吧。」

「咦？只是在旁邊等我會不好意思，還是讓我幫忙吧。」

「你要幫忙……！那不就是所謂的共同作業……不、不用了，雖然這個提議很有吸引力，但要是我因為太過緊張出現失誤，反而會造成危險……」

小朱莉的話才說到一半，就開始小聲地碎碎唸，還用雙手遮住自己的臉慌張地胡言亂語。

「而且……要是讓你看到我做菜的樣子，我會覺得很難為情。只要學長能稱讚我做的料理就心滿意足了……」

「……是嗎？那我就懷著期待等妳完成吧。」

「沒、沒問題！我一定會拿出讓你嚇破膽的美味料理！」

「啊哈哈……請妳手下留情。」

攻略完胃之後就輪到膽嗎……看來我的內臟果然被她盯上了。

先不開玩笑了，我決定把做菜這件事完全交給小朱莉負責。

雖然這裡確實是我家，而她只是客人，但不用想也知道誰比較適合下廚。

我唯一能做的事情，就只有儘量不給她添麻煩……

「完成了！這是小朱莉特製的番茄咖哩飯！」

「喔喔……！」

我等了大約一個小時。

看到有好一段時間不曾用過的盤子上，盛著夾雜些許紅色的咖哩飯，讓我忍不住發出讚嘆聲。

不論是以很久沒用過的電子鍋煮好，散發出耀眼光芒的白飯，就連淋在白飯上面的紅色咖哩汁，也飄散出令人食指大動的香味！

「就算不說客套話，看起來也還是很好吃呢……」

「嘿嘿嘿……學長，趕快趁熱吃吧！」

小朱莉露出羞怯的微笑，要我趕快開動。我對她點了點頭後，就用湯匙挖起米飯和咖哩放進嘴裡。

「唔！」

下一瞬間，香辛料的辣味與溶入湯汁的豬肉鮮味在我嘴裡擴散開來，而且還能嘗到番茄的酸味！

好吃！這道咖哩飯好吃得讓我找不到其他形容詞！

這可能是我最近吃過最好吃的東西。仔細想想，我今天起床後直到現在太陽都下山了，也只不過喝了點飲料……

因為跟小朱莉聊天的時候完全不覺得無聊，讓我不太會感到肚子餓，但「空腹是最好的調味料」這句話一點都沒錯，讓我覺得這道咖哩飯超級好吃。

當然，就算沒有這種調味料，這道咖哩飯還是非常美味。

「這道咖哩飯真是太好吃了！」

這道料理就是這麼好吃，讓我只能說出這種小學生等級的感想。

「真、真的嗎？太好了……不過，你這樣稱讚讓我有點不好意思呢……」

小朱莉露出開心的微笑，同時自己也吃了一口咖哩飯，心滿意足地笑了出來。

雖然有時候會用「臉頰都要垮下來了」這句話，來形容當人吃到美味食物時的反應，但小朱莉的臉頰好像真的快垮下來了，讓我覺得有點好笑。

「學、學長，你剛才是不是在偷笑？」

「有嗎？」

「有啊。你這樣我會覺得不好意思……」

小朱莉小聲說出這種話，還害羞地低下頭。

那種模樣也讓我覺得想笑，但還不只這樣而已。

「話說回來，這種感覺真是不可思議。想不到我竟然有機會跟妳單獨吃飯。」

這讓我覺得很不可思議，甚至是無法想像。

雖然她哥哥昂是我的摯友，不管是高中時代還是現在，我們兩個幾乎是一直形影不離，但我跟他妹妹小朱莉就不是這樣。

可是，儘管這也是一件不可思議的事情，我並不會覺得尷尬。不知道是因為小朱莉是昂的妹妹，還是因為她本身的氣質使然。

不管是跟她聊天，還是任憑沉默籠罩著現場，我都感到非常自在。

「我倒是完全不覺得奇怪就是了。」

小朱莉有些害羞，又有些鬧彆扭地拿湯匙攪拌咖哩飯，小聲地低喃。

「因為我一直……」

後來她的聲音又變得更小，就算我專心傾聽，也還是完全聽不見——

小朱莉突然抬起眼睛，筆直注視我的雙眼。

這讓我不敢開口說話，只能像是被吸過去般注視著她。

這段完全空白的時間只維持了一下子，然後——

「總之……」

小朱莉的臉頰逐漸泛紅，露出了羞怯的笑容。

「學長，這樣總該明白了吧？女孩子親手做的料理對獨居男子來說是必要的！」

「啊，原來這個話題還沒結束啊？」

「當、當然還沒結束啊！」

小朱莉得意地挺起胸膛。可是，雖然她故意別過臉去，但耳朵和脖子都紅透了。

她現在那種成熟穩重的氣質，還有因為純真而令人感到幼稚的言行舉止……以及跟我過去對宮前朱莉這女孩的印象截然不同，充滿魅力的少女姿態，讓我可以理解昴那傢伙為何那麼疼愛妹妹。

「啊——真是太好吃了。小朱莉，謝謝妳的款待。」

「不客氣。不過這真的不算什麼喔。這頓晚餐做起來並不會特別費事。」

因為晚餐是小朱莉做的，我主動說要負責洗碗，但小朱莉二話不說就駁回這個提議，讓我現在只能躺在地上耍廢。

畢竟她早就看穿我不願意自己做菜的最大理由，就是覺得洗碗與打掃廚房太過麻煩……這實在是太丟臉了。

「下廚對我來說只是興趣……所以我都是練習做能在日常生活中輕鬆完成的家庭料理。」

小朱莉一邊在廚房裡洗碗，還一邊陪無所事事的我聊天。她真是個好女孩。

「原來如此……如果每天都能吃到那麼美味的料理，確實是件很幸福的事啊。」

「咦！」

我聽到餐具掉下來的聲音。可是，在那之前我好像還聽到小朱莉的驚呼聲……？

「妳沒事吧！」

「我、我……我沒事！」

要是她受傷就糟了。

想到這裡我慌張地衝進廚房，但是沒看到破掉的盤子，小朱莉看起來也沒有受傷……不，現在放心還太早了。

「讓我看看妳的手。有流血嗎？」

我一邊這麼說，一邊握住她的手。

即使已經被水沾濕，但這隻手還真是細緻滑嫩……不對，現在可不是確認觸感的時候。

雖然有些強硬，但我還是緊抓著她的手，仔細檢查上面有沒有傷口。

……………太好了。她的雙手好像沒有受傷，頂多有點發燙——

「嗚嗚……」

「啊！抱、抱歉！」

別說是發燙了，被我緊抓著雙手的小朱莉，臉蛋已經紅得像是煮熟的章魚，眼角還泛著淚光，身體也微微顫抖。

這很正常吧。雙手突然被一個男人握住，身體當然會出現一些排斥反應。

「我、我差點就要恐慌症發作了……！」

「我想也是！真是萬分抱歉！」

「別、別這麼說，這不是學長的錯，是我自己的問題——不對，這或許就是學長的錯！」

小朱莉一邊這麼說，一邊轉身背對我。

然後，當她做了好幾次深呼吸，重新轉身面對我時……臉蛋還是一樣紅通通的。

「學長，你怎麼突然做出那種事……！那麼積極地握住人家的手……啊！該不會是因為我最初的一擊，成功在學長的胃打出孔洞了吧！」

「不，我應該沒有胃穿孔才對……？」

「這樣啊……」

小朱莉露出有些失望的苦笑。妳就這麼想要讓我胃穿孔嗎？

「可是，你剛才不是說過嗎！就是希望每天都能吃到這麼美味的飯菜！」

「咦？是啊。說我想每天都吃可能不太正確，但如果可以每天吃到這樣的飯菜，我應該會很幸福吧。」

因為小朱莉剛才在超市裡曾經說過，將來的夢想是成為一位新娘，讓我覺得她將來的丈夫應該會很幸福，才說出那樣的話，然而若要把那句話解讀為每天都想吃，總覺得好像不太正確。

「原來如此！我完全同意你的想法！」

雖然嘴巴上同樣說著「原來如此」，但小朱莉的表情跟剛才完全相反，露出了幸福的笑容。

「那我今後就努力讓學長當個幸福的人吧。我每天都會幫你準備三餐！」

「啊哈哈……謝謝妳。」

我不知道該不該坦率地為此感到開心，便露出連自己都能感受到的僵硬笑容。

不過，小朱莉看起來還是非常開心。不，說開心可能不太正確，應該說興奮吧。

這樣啊，即便小朱莉說女孩子親手做的料理對獨居男子來說是必要的，但就跟我過去一直沒機會吃到那種料理一樣，女孩子也沒什麼機會親手做料理給男生吃吧。

雖然當哥哥負債的抵押品這個藉口實在太過荒唐，讓我難以理解，但小朱莉或許只是想在親手做料理給未來的真命天子吃之前，先找個人練習罷了。

如果是這樣，其實直接告訴我就行了。

昴應該也是因為對我的人品有一定程度的了解，才會讓自己疼愛的妹妹來到我這裡。如果他能跟我事先商量一下，這點小事自己一定會幫忙——不過仔細想想，這件事對我來說唯一的壞處，也就只有伙食費會變成兩倍。

「學長？」

「咦？」

「怎麼了嗎？我看你好像在發呆……？」

「沒事，只是在想事情……我覺得妳將來肯定是一個好老婆……抱歉，說這種話好像有點像是性騷擾──」

為了替自己發呆的事找個藉口，我似乎說了多餘的話。

儘管已經聽她說過自己的夢想，但這句話從我口中說出來，聽起來就只像是在捉弄她一樣。

發現自己說錯話後，我立刻準備開口道歉，可是──

「啊……」

小朱莉睜大眼睛，眼角慢慢冒出淚珠。

「──嗚！」

我……我搞砸了。竟然弄哭一個年紀比自己小的女孩！

因為這件事完全超乎我的預料，讓我把準備用來道歉的話語拋到腦後，腦袋裡變得一片空白。

（我得趕快道歉，還得拿手帕幫她擦淚……天啊，好想逃離這裡，但又沒辦法逃跑，因為這裡就是我家啊！）

各種思緒亂成一團，結果在我不知所措的時候，小朱莉自己用手擦去了眼淚。

「哈哈……對不起，我突然就哭出來……給學長添麻煩了呢。」

「沒那種事……抱歉，都是因為我突然亂說話。」

「別這樣說！學長完全沒錯……我反而有種……像是在作夢的感覺……」

小朱莉這麼說完便露出微笑。

她臉上的淚痕已經變得有些紅腫。

「我能活著真是太好了……」

「咦？有這麼誇張嗎！」

「就是這麼誇張。因為我一直……」

小朱莉說著說著再次哭了出來。

看到她雙手掩面無力地低著頭，肩膀也微微顫抖的樣子，就算我說的話沒有讓她受到精神上的打擊，也還是讓我不知所措——

「如果是哥哥，這種時候都會摸摸我的頭……」

……我好像聽到這句話。那個聲音從我眼前傳來。聽起來好像還在哭就是了。

不過，小朱莉是說昴都會那麼做，然而我又不是她哥哥，摸她的頭好像有點……嗯……

「呃，像這樣嗎……？」

雖然有些困惑，但她都拐著彎叫我那麼做了，我便決定順著她的意思，把手擺在她頭上。

小朱莉的頭髮非常柔順，總覺得摸起來很舒服……不對，怎麼變成我在享受了！

「嗚……嘿嘿嘿……」

儘管看不到小朱莉的表情，但我聽到了有些傻呼呼的笑聲。

讓不是她哥哥的我摸頭好像也有一點效果。

「這樣妳稍微冷靜下來了嗎？」

「有——啊，不對，還沒有！對不起，麻煩你再多摸幾下！」

雖然小朱莉有一瞬間抬起頭來，但她很快就像想起了什麼一樣，重新低下頭去。

「糟糕，眼淚一直流個不停。我該怎麼辦？」

「妳這句話聽起來怎麼感覺像是在唸稿……？」

「啊，對了，哥哥每次都會在這種時候用親親安慰我喔。」

「咦？」

用親親安慰小朱莉？

昂竟然對自己的親妹妹做出那種事嗎？

……那傢伙到底在搞什麼啊？

「原、原來如此……親親啊……」

我只能勉強說出這句話。

若要我說出其他感想，總覺得自己會忍不住痛罵那個不懂拿捏分寸的妹控混蛋。

不過當著小朱莉的面說昂的壞話，應該不是件好事。畢竟他們兄妹的感情好到會用親親安慰對方……

「……咦？」

因為這個緣故，我幾乎沒有說出任何感想，還不由得停下摸頭的動作，讓小朱莉偷偷看了過來。

然後──

「啊……」

她似乎想通了什麼，臉色變得不太好看。

「那個，學長……」

「……什麼事？」

「我剛才那些話是騙人的。」

「咦？」

「我剛才說了一些奇怪的話呢。說什麼哥哥會親我，那其實是騙人的。」

「喔，這樣啊……是喔……」

小朱莉不帶感情地這麼解釋，但我也只能冷冷地搭腔。

「學長，我真的只是在開玩笑喔！你應該沒有當真吧！」

「沒事啦。沒事。天底下本來就有各式各樣的兄妹。」

「等一下！拜託你不要當真啦！我只是有些得意忘形，以為說不定有機可趁～之類的……啊啊，真是的！都怪我太蠢了！」

雖然眼淚已經不流了，小朱莉這次卻抱著頭蹲下。

「啊啊，我到底在幹嘛……竟然開心到得意忘形，這樣只會讓學長覺得我是個怪人……！我必須振作起來，讓學長見識到我真正的樣子……！」

小朱莉才剛剛小聲碎唸了幾句，就突然猛然起身，然後筆直地看著我這麼說：

「學長！」

「請、請說！」

「我跟哥哥只是普通的兄妹！雖然他可能是個妹控，但我絕對不是兄控！絕對不是！完全沒有！根本沒有懷疑的餘地！」

「是、是喔？」

因為她非常激動地說個不停，我只能點頭回應。

她的口氣強烈得讓人感覺到怒火，讓我明白她並沒有說謊。

不過如果她沒那麼重視哥哥，又為什麼要來我這邊幫哥哥抵債……？

「我會加油的！」

「呃……嗯，加油喔。」

不知道她要為何努力，但我還是點了頭。因為現場的氣氛只允許我點頭。

「那麼我想先借個廁所……不對，我想借用一下盥洗室！」

「啊，沒問題，請便。」

幾乎是自暴自棄地如此宣言後，小朱莉走進廁所。

獨自留在房裡的我打算繼續把小朱莉洗到一半的餐具全部洗完，可是——

「那個～學長？」

「咦？」

小朱莉把廁所的門打開一半，露出半顆頭叫我，讓我停下了正在洗碗的雙手。

「這樣我覺得有點難為情，可以放點音樂嗎……？」

「難為情——啊，當然可以。」

雖然我有一瞬間不明白她的意思，但我很快就想起她是個女生。

「謝謝學長。不好意思吵到你了。啊，還有餐具放著讓我洗就行了，學長就去休息吧。嘿嘿嘿……」

小朱莉露出羞怯的笑容，再次把廁所的門關上。

然後我隱約聽到了好像在最近的電視廣告聽過的日本流行歌曲。

「我就按照她的指示，乖乖休息吧……」

我回到客廳躺在床上，並把手機拿出來。

可是我的腦袋幾乎裝不進手機螢幕上顯示的資訊，滿腦子都在想小朱莉的事情。

「上廁所還不算大問題，如果她要住下來，還會在這個房間裡洗澡睡覺……」

面對愛笑又愛哭，一直毫無保留地展現自身魅力的小朱莉，我到底可以保持理智多久？說實話，我沒什麼信心。

不過，對自己熟人的妹妹懷有那種想法，還是讓我感到十分抗拒。自己不管怎麼樣都會在小朱莉的背後看到昴那張不懷好意的笑臉……這到底是怎麼回事？難不成是詛咒嗎？

話雖如此，如果她不是昴的妹妹，也就不會用當抵押品這個藉口，來到我這邊做新娘修行——還是實習？我或許應該把這當成是自己賺到。

總之，雖然不曉得她到底要在這裡住多久，我的生活確實因此徹底改變。

從孤獨但自由的獨居生活，變成與朋友的妹妹，而且還是超級美少女同居，這種在各種意義上都很危險的生活。

啊啊，我到底該如何是好……！

第3話
關於宮前家兄妹的事情

外面的天色已經完全暗下來，卻不會讓人感到寒冷，反倒有些悶熱。雖然我也不是很懂，但這應該也是地球暖化的影響吧。

我走出房間把身體靠在附近的鐵欄杆上，茫然地望著外面。

不過我這麼做並沒有什麼原因，終於忍不住深深地嘆了口氣。

「唉……真是太沒出息了……」

當然是在罵我自己。

不管見過小朱莉這位美少女高中生多少次，我都覺得很不習慣，而她現在正在我家裡洗澡。

這讓我覺得自己不該待在客廳等她出來，才會像這樣逃到屋外，但站在小朱莉的角度來看，她或許會覺得我想太多了。

可是，這也不能怪我吧？

這只是間單人套房。面積不大牆壁又薄。不管是小朱莉淋浴的聲音，還是泡在浴缸的聲音全都能聽得一清二楚。

在這種狀況下，我當然不可能保持平常心。

「嗯……」

口袋突然發出震動。

「……咦？」

我拿出手機，看到螢幕上顯示的名字，忍不住驚訝地叫了出來。

然而我只有在剛看到時稍微愣了一下，從內心深處湧出的情感很快就驅策自己，讓我按下通話鍵。

「喂。」

『嗨～求！你最近過得如何啊！』

打電話過來的人正是宮前昴。

就是那個向我借錢，還把小朱莉派來這裡，造成現在這種狀況的元凶。

「你竟然敢主動打電話過來啊……？」

『咦？為什麼這麼說？』

這傢伙怎麼還能用這種開朗的口氣說話啊……？

我忍不住火冒三丈，但又想起小朱莉曾經告訴我昴現在的狀況。

「對了，聽說你現在人在塞班島是嗎？」

『啥？塞班島？』

「咦？」

『呃……啊！沒錯沒錯！我現在就在塞班島！真傷腦筋啊，這邊現在還是白天，害我都搞不清楚自己在哪裡了。』

「誰會因為時間搞不清楚自己在哪裡啊。」

『真的不會嗎？』

「並不會。而且你剛才說什麼現在是白天，但塞班島跟日本的時差只有一小時左右，現在應該也是晚上才對。」

『………』

昴很明顯地陷入沉默。

因為突然安靜下來，讓我清楚聽到從他那邊傳來的蟬鳴聲。

『你是偵探嗎？』

「是你的破綻太多。」

『呵呵呵……哇哈哈哈！我確實不在塞班島！』

「竟然演這種廉價的犯人自爆戲碼……」

昴還是一樣自嗨，讓我很自然地跟著放鬆肩膀。

天曉得這種個性到底讓他糊弄了我多少次……雖然我平時都只能苦笑，實在無法討厭他這個人就是了。

『應該是朱莉跟你說我人在塞班島對吧？』

「是啊。原來你連小朱莉都騙。」

『才沒有。我只是打腫臉充胖子而已。』

「還不是一樣。」

打腫臉充胖子完全就是為了自己的面子在說謊，反倒是更差勁的行為。

『其實我現在正在參加駕訓班的集訓。』

「啥？」

『要是我能考到駕照，就能開車載著朱莉去兜風了……嘿嘿嘿，我這個哥哥只是想給她驚喜啦。』

「即使你說出好像讓人很感動的話，但我一點都不覺得感動。」

『不會吧！』

昴不知為何表現得很驚訝。一個為了區區五百圓的負債，就把妹妹送去當抵押品的哥哥，想也知道不可能還有威嚴可言吧。

而且這段對話讓我確信了一件事。那就是昴果然知道小朱莉現在就在我家。

「昴，雖然我之前一直覺得沒拿回來也無所謂，才沒有認真跟你說這句話，但我這次是認真這麼說的。快點還錢。」

『求，你這樣做實在太殘忍了。在各種意義上都是。』

「我哪裡殘忍啊……」

『其中一個理由，就是我真的很缺錢。參加駕訓班集訓就讓我花了不少錢，要是考到駕照我還想買輛車子。』

「喂，你向我借的錢只有五百圓耶。對你的這些花費不會造成太大影響吧？」

『你是笨蛋嗎！嘲笑一分錢的人，必定會為了一分錢哭泣！你以為小看五百圓必須流下多少眼淚啊！』

「這種說法有這麼流行嗎？」

我記得小朱莉也說過同樣的話。

不過，如果昴明白這個道理，從一開始就不應該向我借錢吧。

『再說了，就算只有一次也好，我還是想在這個暑假跟小菜菜美一起旅行。為此我必須考到駕照。身為一個有女朋友的人，會這樣想不是很正常嗎？』

「啊——這傢伙又在炫耀了……」

這傢伙已經不知道跟我炫耀過幾次了，今天卻讓我覺得比平常還要煩人。

『喂喂喂，求同學！你該不會是嫉妒了吧？你以前明明不曾表現出來啊！』

「你怎麼感覺很開心的樣子？」

『看到摯友不為人知的一面，我當然會覺得開心啊。而且求啊，難道你也想要交個女朋友嗎？』

「這個嘛……有時候也會有那種想法吧。」

『原來如此！我想也是啦！』

昴一副覺得很意外的樣子，但我確實也有那種想法。

雖然跟昴相比之下，我並沒有積極採取行動……不過，這種被動的態度應該就是我現在依然單身的最重要原因吧。

『算了，如果是你，我並不反對喔。就特別准許你吧。』

「為什麼我想交個女朋友，還必須得到你的准許啊？」

『這就不是我該說的事情了。』

即便隔著電話，我的腦海中還是浮現出那傢伙露出奸笑的表情。

雖然他好像很開心，但我完全不曉得他到底想說什麼。

『對了，My sister 朱莉寶貝在你旁邊嗎？』

「這是什麼奇怪的稱呼……她正在洗澡啦。」

『什麼！你該不會是在偷──』

「怎麼可能偷窺啊！我在外面啦！這裡是公寓的走廊！可惡，這樣會害我被罵，拜託別逼我大聲罵人行嗎！」

『咦？這樣也算是我的錯嗎……？』

不，就是昂的錯。這世上發生的問題，絕大多數都是這傢伙的錯。至少我現在是這麼認為。

「你找小朱莉有事嗎？記得順便幫我告訴她，叫她不用繼續陪你演這齣戲了。那筆錢你不用還了。」

『不行，錢我還是要還！可是我沒辦法立刻還錢，在那之前就讓朱莉負責照顧你吧。』

「你說這種話真是有夠差勁啊。只為了區區五百圓的負債，就把親妹妹當成抵押品交給別人，這種事情聽了只會讓人覺得莫名其妙。」

『別這麼說嘛。朱莉也沒有表現出不情願的樣子不是嗎？』

「或許真的是這樣……可是，她說不定只是沒有表現出來。」

『朱莉沒那麼厲害。她是個只要覺得討厭，就會立刻表現在臉上的傢伙。如果你沒有那種感覺，那朱莉肯定沒有感到不情願。』

「唔……」

正因為昴是小朱莉的哥哥，才有辦法說得這麼肯定。而這句話也讓我無言以對。昴說得沒錯，別說不情願，小朱莉看起來反倒一直都很開心……可惡，昴這傢伙明明是個把妹妹當成抵押品的畜生，卻還是能說出這種人話。

『朱莉說她將來也想進政學就讀。』

「政學？我覺得小朱莉應該可以把目標放在更好的學校……她的成績不是很優秀嗎？」

『畢竟這是她本人的想法，我也只能尊重。政學可是她心愛的哥哥就讀的大學！我這個哥哥也想要支持她啊！』

「…………」

『喂，你不要不說話啦。』

我確實很清楚小朱莉有多麼重視哥哥，但要是現在表示贊同，也只會讓昴變得更囂張，所以我決定不予置評。

話說回來，想不到小朱莉的第一志願竟然是政學——我們就讀的政央學院大學。這個我實在想不到。

『她在黃金週的時候曾經找我商量，說她想在暑假時過來這邊看看。因為學校有開放校園供人參觀，朱莉將來也會獨自在外面生活，她才會想來看看這裡是什麼樣的地方。』

「這個理由聽起來真是合情合理……」

『因為這是事實啊。雖然我當時答應了這個要求，卻忘記早就報名參加駕訓班的集訓了。剛好還有你在，我就想說可以交給你啦！哇哈哈！』

「這一點都不好笑吧！」

昴說出相當任性的發言，讓我的頭開始痛了起來。

他欠我的錢根本就不重要，問題就只是他這個人太渣了。

「你竟然擅自做出這種決定……」

『有什麼關係？你應該也不討厭朱莉吧？』

「這個嘛……她確實是個好女孩。」

『我就說吧？而且如果是你，我也可以放心把妹妹交給你。畢竟像朱莉這樣的超級美少女在自己家裡洗澡，你卻完全沒有邪念，可說是人畜無害呢。』

「你說這種話肯定是在瞧不起我吧？」

『我是瞧不起你，但也是在稱讚你！』

那傢伙現在肯定正擺出一臉臭屁的表情。

相較之下，我卻因為腦袋裡充滿煩惱而累到不行。這肯定也是昴的陰謀，讓我想到就覺得不爽。

『總之朱莉就拜託你照顧了。雖然她是個能幹的妹妹，不管走到哪裡都不會讓我沒面子，但也還只是一個孩子。要是你弄哭她，我可不會放過你喔！』

「唉……好吧。我會讓她暫時住在這裡。當然了，我不會對她亂來。」

『謝啦！我早就知道你沒那種膽量了！』

「你這傢伙果然看不起我。」

『我就是看不起你！』

昴毫不掩飾地這麼說，而且還放聲大笑。

這傢伙……給他幾分顏色，他就給我開起染坊……！

雖然這只是朋友之間的互相嗆聲，但我還是忍不住想抱怨一下。就在這時──

「學長？」

小朱莉從屋裡走出來。

她穿著有些稚氣的粉紅色睡衣，忙著用毛巾擦乾還在滴水的長髮——讓我分不清楚這到底是稚氣還是性感。

『啊，朱莉出來了嗎？那我要掛電話了！我參加駕訓班集訓的事情，就麻煩你幫我保密囉！』

「啊……喂！你幹嘛急著掛電——」

昂自顧自地掛斷電話。

這傢伙真的很任性，想怎樣就怎樣……

「是我哥哥打來的電話嗎？」

「嗯……其實妳不需要特地出來，這樣會感冒喔。」

「沒關係，反正天氣很溫暖，我不會有事的。」

小朱莉開心地笑了出來。因為我剛才還在跟昂講電話，讓我覺得她跟昂非常像。

雖然她比昂那傢伙好上許多倍就是了。

「真是的，昂那個臭小子……」

「那個，學長？我哥哥該不會又給你添麻煩了吧……？」

「…………」

她為什麼要這麼問我？

她現在明明就是因為自己哥哥給我添的麻煩，才會來到這個地方不是嗎？

……算了，就算我現在提醒她這件事，也沒有太大的意義。反正我也沒有想要聽到的答案。

「那傢伙就跟平常沒什麼兩樣喔。」

「這樣啊。」

小朱莉有些放心地輕撫胸口。

「啊，對了。學長，換你去洗澡嘍。」

「嗯，我知道了。」

腦海中浮現出「洗澡」兩字的瞬間，我突然有種倦怠感一口氣爆發的感覺。

畢竟今天發生了許多事情嘛……我懷著這種想法看向小朱莉，發現她正微微歪著頭看我。

「……奇怪？」

我突然覺得有些在意，就把臉靠了過去。

「咦？學、學長！怎麼了嗎！」

我在意的是從小朱莉身上飄過來的香味。該說是既視感的嗅覺版嗎？我好像聞過這種味道——

「啊，原來如此。小朱莉，妳是不是用了我的洗髮精？」

「啊！是的……其實我忘記帶洗髮精來了……對不起，擅自使用學長的東西。」

「沒關係喔。沒有注意到妳的需求，反倒是我該道歉才對。畢竟一直沒什麼機會讓女孩子來家裡玩……如果妳有需要，我們明天去買吧。」

別說沒什麼機會，其實根本就是完全沒有，但我還是忍不住打腫臉充胖子，說出了這樣的提議。

聽過昴的說法後，我確信這件事已經沒有轉圜的餘地。既然無法避免，我希望能讓小朱莉不需要勉強自己，儘量讓她過得舒服些。

「咦……有……有需要！我想去買洗髮精！」

「嗯。那就這麼辦吧──啊，對了，我得先幫妳鋪好棉被才行。」

「不用了，我可以自己來。請學長儘管放心去洗澡吧。」

「是嗎？那我就不客氣了。」

說完這樣的對話後，我就進入浴室，洗掉今天累積的疲勞。然後──

因為忍不住猛聞浴室裡殘留的少女體味，讓我對自己突然做出的奇怪行為感到自我厭惡，不由得為此抱頭苦惱。

◇◇◇

「啊……累死人了……」

「學長，請用麥茶！」

「謝謝妳……」

因為見到小朱莉本人讓我覺得尷尬，便在浴室裡泡了很久。雖然勉強擦乾身體，還換上當成睡衣的T恤與短褲，依然感覺有點泡昏頭了。

當我背靠著脫衣間的牆壁時，小朱莉慌張地把杯子拿過來，儘管心裡覺得過意不去，我還是心懷感激地接過杯子，慢慢喝光杯裡的麥茶。

果然在補充過水分後，身體的感覺完全不一樣呢。

「家裡有小朱莉在真是太好了……」

「咦！」

「因為我是獨自生活，就連身體狀況不好的時候，這些事情也全都得自己來。」

我是頭一次在自己家裡泡昏頭，但如果家裡只有我一個人，就沒辦法幫自己準備麥茶了。要是自己不小心感冒，情況應該會變得更麻煩吧。

總覺得我好像一直在給小朱莉添麻煩。我明明比她年長，真是太沒面子了。

「假、假如學長不嫌棄，請你儘量依靠我吧！」

「小朱莉？」

「當你覺得身體不舒服的時候，只要跟我說一聲，我就會隨傳隨到！來吧！」

小朱莉不知為何興奮地把身體靠過來。

不過我畢竟比她年長，實在不想讓她看到自己沒出息的樣子。雖然她現在已經看到了。

「……妳有這份心意就夠了。」

「可是……看到學長這麼難受的樣子，就算我回去了，也肯定會擔心你能不能平安地活下去。」

「說得也是……」

我都讓她看到這種狼狽的樣子了，就算故意逞強也只會更難看吧。

也許是看不下去我這種樣子，小朱莉又幫我倒了一杯麥茶，讓人覺得她看起來非常可靠。

不過，因為小朱莉住在離這裡相當遠的地方，如果她以後回去自己家裡，實在不可能隨時趕過來照顧我。

就這樣休息一段時間後，我勉強站起來，還是一樣沒出息地讓小朱莉扶著我，成功走回只有幾步之遙的客廳。

其實我剛開始有拒絕。畢竟我跟小朱莉的體格相差很多。

可是小朱莉堅持不肯退讓。因為她的決心太過堅定，甚至讓我的頭更暈了。

要是我真的暈倒，小朱莉只能幫我叫救護車了。儘管我覺得大概還不至於發生那種事，但也無法斷言絕對不會發生。

結果只能讓她扶著我，身體很自然地跟她緊緊貼在一起，可是……我發現我們明明使用同樣的洗髮精與沐浴乳，從小朱莉身上飄過來的香味卻跟我完全不同——感覺比我香多了。這是為什麼呢？

「學長，你果然很不舒服吧……總覺得你一直在發呆。」

「不，我沒事。反正等一下就要睡覺了。」

因為發生許多事情，現在已經晚上十一點了……雖然這個時間上床睡覺還有點早，但我現在應該能睡個好覺吧。

「這樣啊。如果可以，我還想跟學長多聊一下……」

「呃……沒關係啦，反正還有明天。」

「唔……！也對！那我們明天也要聊天喔！」

「好、好啊。」

因為小朱莉大大地點了點頭，讓我有些嚇到，但她的這種反應也沒什麼大問題，於是我也乖乖地點頭。

然後，我們分別鑽進自己的被窩。

我直接睡在床上，小朱莉則是把矮桌移開，在地板鋪上剛買的新棉被。新棉被看起來又鬆又軟，感覺比我這件已經變舊的棉被還要舒服多了。

「如果妳還不想睡，晚點再睡也行喔？」

「不，我也想睡了。因為昨晚一直睡不著覺……」

「是嗎？那我關燈了喔。」

我用遙控器關掉房裡的吸頂燈。

雖然這樣我就看不見小朱莉的身影，卻還是能清楚聽見她的呼吸聲，讓人覺得心癢難耐。

「小朱莉晚安。」

「學長晚安！」

明明馬上就要睡覺了，小朱莉的聲音聽起來還是很有精神，讓我覺得有些好笑。

「那個，學長……」

「嗯……？」

「明天見。」

「嗯，明天見。」

這種說法聽起來奇怪，但我還是自然地這麼回答。

腦海中突然浮現出我在半年前曾經待過的教室。

我獨自在教室裡收拾東西準備回家，從坐著的椅子上站起來。

「學長。」

教室裡明明沒有別人，我卻聽到了女孩子的聲音。

我回頭一看，發現有個女孩坐在我剛才坐著的座位上。

她是個讓我驚訝得說不出話的美少女。背對夕陽的身影看起來就像一幅名畫。

「你已經要回家了嗎？」

她露出有些寂寞的笑容。

我對她點了點頭。因為太陽已下山。

「那我們一起回家吧。」

少女在不知不覺間來到我身旁，牽著我的手邁出步伐。

我們說著毫無意義的日常對話，在校舍裡漫步。

我為什麼會跟她走在一起呢？當腦海中閃過這樣的疑惑時，我們已經站在校門前面了。

「學長，明天見。」

明天見——跟著說出這句話後，我才終於發現——

這只是一場夢。

她只是我朋友的妹妹，我們不曾有過如此親密的互動。

我就算作夢也想不到會有這種事。

小朱莉是個什麼樣的女孩？她喜歡什麼樣的東西？聊到什麼話題時會露出笑容？

我從來不曾認真想過這些問題，因為我跟小朱莉之間的關係就是如此疏遠。

我說不定曾經有機會與小朱莉發展出這樣的關係。

……不過，昴那傢伙不可能會容許這種事發生吧。畢竟凡是對小朱莉別有企圖的傢伙，全都被他趕跑了。

在這種情況下，對小朱莉沒有那種企圖的我，自然也不可能和她變得親近。

我早就明白這件事了。可是……

——明天見。

這句話聽起來非常舒服，讓我心裡變得溫暖起來。

怎麼辦……我現在該怎麼辦！

這一刻終於來臨了！

現在肯定、恐怕、絕對！

是我人生中最緊張的時刻！

因為我的心臟跳得超級激烈，好像隨時都會從嘴巴裡衝出來一樣！

我躲在棉被裡拚命屏住呼吸，縮起身體等待時間流逝。

雙手緊握手機，再三確認現在的時間，但是每次都只過了一、兩分鐘，讓我失望不已。

如果想萬無一失，至少也要等兩小時……不行，我等不了那麼久。一個小時……不，還是三十分鐘吧……不行，那樣實在太快了。

為了以防萬一，我必須非常謹慎……

——呼……

「——唔！」

這種呼吸聲顯然跟剛才不太一樣。

我拚命壓抑著想要跳起來的衝動，靜悄悄地從棉被裡慢慢探出頭來。

根據手機上顯示的時間，我進到棉被後只過了十五分鐘。可是，這種呼吸聲的確是……！

「學——唔嗯！」

我差點忍不住呼喚學長，於是趕緊用手摀住嘴巴。

如果學長真的已經睡著，我這樣一喊他可能就醒過來了。

我非～常緩慢地爬起來，偷偷看向學長的床。

啊啊，我的心臟快要蹦出來了——！

「唉……」

我忍不住嘆了口氣。

學長睡著了。現在的他毫無防備，在我面前露出天真可愛的睡臉……！

（不行，現在不是發呆的時候，我得趕快完成自己該做的事！）

我繃緊神經，站了起來。

我一直在等待，等待學長睡著，露出他毫無防備的樣子。

這一切都是……沒錯！

（這一切都是為了偷偷拍下學長的睡臉，然後設定成手機的桌布！）

「嗚……」

「呀啊！」

當我舉起手機的瞬間，學長突然翻身，害我嚇了一跳，手機也掉到棉被上。

學長好像……沒有醒過來。他只是睡得有點難受，才會忍不住翻身。

真是好險，要是學長真的醒過來，發現我正準備拿手機偷拍他的睡臉，說不定會把我當成變態，直接把我趕出去。

學長是個溫柔的人，可能不會那樣對待我……但我準備做的事就是那麼糟糕。

為了避免發出衣服摩擦的聲音，我小心翼翼地撿起手機，準備重新把鏡頭對準學長……然後發現了一件事。

學長剛才之所以翻身，難道不是因為我的手機發出的光芒照亮了房間嗎？

而且如果我真的打算拍照，不是也會發出快門聲嗎？

「啊、啊啊……！」

再說，在我拍照的時候，閃光燈也一定會亮。

不但會發光，還會發出聲音。不行。這樣學長絕對會被我吵醒的！

我無力地癱坐在地上。

自己費盡心思準備的作戰……「把學長的睡臉設成手機桌布，感覺學長每天晚上陪我睡覺的作戰」啊……！

作戰內容如下。首先是做一頓美味的晚餐給學長享用。因為人只要吃飽就會想睡覺，只要再讓學長好好洗個熱水澡，他就會睡得很香。

然後我就能拍下學長的睡臉！

在中場休息的時候，我可以趁機跟學長聊天並展現我做家事的技術，如果能讓學長得到心靈上的療癒，也能得到很高的分數。

老實說，光是這段時間就讓我幸福到快要死掉，但我還是努力保持清醒，全都是為了這個瞬間——不、不行！我不能自暴自棄，不顧一切拍下學長的睡臉！

（嗚嗚……要是學長把我當成睡臉偷拍狂，我就再也活不下去了……！）

反正都要死，我寧願因為太過幸福而死。我只能強忍著悲痛，放棄偷拍學長的睡臉……但是！

（既然這樣，我至少也要把學長的睡臉深深烙印在眼裡……！）

雖然房間裡很暗，月光從通往陽台的落地窗窗簾隙縫透進來，微微照亮屋內。

我的眼睛早就適應黑暗，可以盡情欣賞學長的睡臉……嘿嘿嘿。糟糕，口水都流出來了。

「嘶……呼……」

學長沒有打呼，看起來睡得很舒服。

他就在我伸手可及的地方……但我卻覺得非常遙遠。

白木求學長比我大一歲。他是哥哥的朋友。

雖然我們並非完全不認識，但關係也沒有那麼親近，不確定到底算不算朋友。

他是我哥哥的朋友。我是他朋友的妹妹。

我很清楚這種不遠不近的距離其實無比遙遠，也很難縮短。

現在這種狀況毫無疑問是個奇蹟，所以肯定也會輕易失去。

因此我必須珍惜這個機會……就算只能慢慢來，也必須改變這一切。

假如不這麼做，我就無法成為學長的特別之人。

（不過，讓我稍微看一下應該無所謂吧？）

如果只是這樣偷偷看著他，一定還不至於遭到天譴吧？

今天是令人臉紅心跳的一天。

我主動來學長家裡、幫他打掃房間、一起去買東西，甚至親手做料理給他吃。

我跟學長聊了好多，還在他平常使用的浴缸裡泡澡，最後還像這樣在同一個屋簷下過夜。

去年……不，昨天的我一定無法相信自己能度過這麼幸福的時光。

而且——

「明天見……」

——嗯，明天見。

這並不是只限今天的幻夢。

讓我當負債的抵押品這種荒唐的事情，學長肯定不會接受吧。

可是，他最後還是接受了。

學長還是一樣溫柔。他一直都是原本那個學長，所以我才會……

「學長晚安。」

小聲說出這句話後，我依依不捨地回到自己的被窩。

這件剛買的新棉被還沒染上我的氣味，當然也還沒染上學長房間的氣味。

這件棉被應該遲早會染上這些氣味吧。還是說這件棉被會在那之前就功成身退？

當我想著這些事情時，感覺到體內的熱流正逐漸退散。

這種日子是有限的，遲早有一天會結束。最慢也會在暑假尾聲時結束。

（加油吧。別留下任何遺憾。）

重新下定決心後，我閉上雙眼。

（總之，不能動不動就興奮！也不能流鼻血！不能讓學長覺得我是個怪女孩……因為我為了這一刻已經準備很久了！）

光是今天就讓我確認了一件事。

那就是學長絕對不擅長做家事！

換句話說，只要我努力幫學長做家事，展現出自己有多能幹，就能成為對學長來說不可或缺的人……大概啦！

然後，我總有一天要跟學長…………雖然這樣可能衝得太快了，可是——

我一邊想著這些事情，一邊慢慢地讓睡意籠罩自己。

今天或許能作個前所未有的美夢……我有這樣的預感。

第4話 關於我看到朋友妹妹的「那個」這件事

「嗯……？」

到了早上，我被搔弄著鼻腔的香味叫醒。

還聽到煎東西的聲音。那美妙的聲音毫不客氣地刺激著我飢腸轆轆的肚子……那麼，為什麼我會聽到這樣的聲音？

「啊，學長早安！」

「咦？」

「怎麼了嗎？」

「……不，沒事。早啊，小朱莉。」

對了，我想起來了。

小朱莉昨晚留下來過夜了。不對，我說的過夜不是那種糟糕的意思！

「難不成妳在做早餐嗎？」

「是啊。學長，我看你睡得很沉，就覺得這是個好機會。」

「好機會？」

「啊，呃……對了！學長早餐都是吃米飯嗎？還是麵包？」

她毫不掩飾地轉移話題了……

雖然我很想知道她口中的好機會是什麼意思，但小朱莉拋過來的問題也實在讓人很難回答——

「呃……應該是米飯吧？」

「……學長，你剛才是不是看了我的臉色才這麼說的？」

小朱莉狐疑地瞇著眼睛看我。

我確實是在看到小朱莉後，才想起昨天吃咖哩飯時煮的米飯還有剩。

「學長，你真的想吃米飯嗎？不用跟我客氣喔？」

「沒關係啦。其實我不太在意這種事……反正我本來就經常沒吃早餐。」

「咦！」

小朱莉驚訝得睜大眼睛。

我好像嚇到她了，但獨居男子的生活不就是這樣嗎？

如果有時間，頂多就是去便利商店買個飯糰或三明治。

當然，倘若我有在自己做菜，應該多少還會準備早餐吧。

「學長，這樣不行啦。三餐一定要正常。假如年輕時不注重飲食生活，十幾二十年後的自己就得承擔後果喔？」

「妳說得對……是我錯了。」

她昨天也對我說過完全相同的指責，讓我倍感羞愧。

可能會從十幾二十年縮短成為五年十年，後果就是這麼嚴重吧。

我一邊想著這種事情，一邊對這位小我一歲的女孩深深地低下頭。

「啊，你不用道歉！我不是想說教，只是……早餐吃米飯真的沒關係嗎？若學長覺得吃麵包比較好……其實昨天只買了做配菜的食材，我可以馬上去買麵包回來！」

「沒、沒關係啦！其實我還住在老家的時候，也是每天早上都吃米飯嘛！」

「這樣啊……」

小朱莉一臉放心地輕撫胸口。

不過，這味道真的很香。應該是把昨天買回來的培根拿去煎的味道吧。雖然我早上總是沒什麼食欲，但這種香味讓我餓了。

吃過昨晚的咖哩飯後，我就知道小朱莉很會做菜了，難得有這種機會，我真想在身體狀況萬全的情況下享用這頓早餐，而不是在這種似醒非醒的狀態……

不行，她都已經做好熱騰騰的早餐，不趕快吃就太沒禮貌了。

「啊，學長，你不需要顧慮我，想晚點再吃也行喔。」

「咦？」

我的心思被看穿了……不，應該是因為我把想法寫在臉上了吧。

不管怎麼樣，小朱莉及時的提議都讓我不由得整個人僵住。看到我做出這種反應，她微微一笑。

「剛睡醒就立刻吃飯對身體不是很好。因為這樣會對胃造成很大的負擔，必須等到身體完全醒過來才行。」

「這樣啊……」

「不過不吃早餐依然是更糟糕的事情。要是沒吃早餐，下次進食就會對身體造成更大的負擔！」

「呃……是，我會注意的……」

這麼說來昨天別說早餐，我連午餐都沒吃，晚上就直接吃咖哩飯了……等等，這種多餘的話還是別說吧。

我、我絕不是害怕被一個年紀比我小的女孩罵喔。只是不想讓她多操心罷了。

「不過……好吧，那我稍微去跑跑步吧。」

「跑步？」

「嗯。我每天都會跑步。話雖如此，因為昨天睡過頭，結果就沒去了。」

「原來如此。畢竟學長以前是田徑社的社員嘛。」

「咦？妳怎麼知……對了，昴也是田徑社的社員，妳應該曾經注意到我。」

「啊，不是這樣。事實正好相……」

小朱莉低頭玩著自己的手指，說話也變得吞吞吐吐。

這個反應讓我有些在意，但要是繼續說下去感覺就要偏離正題了，於是我決定把話題拉回來。

「雖然我早就不是田徑社的人，但是沒有稍微活動筋骨，身體就會變得愈來愈遲鈍。更何況妳都已經幫我做好看起來超好吃的早餐，我也想讓自己變得更有食欲。」

「學長……那麼！我也跟你一起去！」

「咦？」

「我最近都在準備考試，完全沒有運動……不對，我本來就不是很擅長運動，對自己的體力也沒有信心。難得有這個機會，我也想跟著去跑步……」

小朱莉這麼告訴我，而且還愈說愈沒信心，語氣變得愈來愈微弱。雖然我覺得這不是什麼值得害羞的事情就是了。

「說得也是，那我們就一起去跑步吧。」

「好、好的！那我先換一套方便活動的衣服。學長，我可以借用脫衣間嗎？」

「嗯，當然可以。」

小朱莉開心地笑了出來，從行李箱拿出準備替換的衣服，小跑步衝進脫衣間。

啊，因為外面還套著圍裙剛才沒有發現，其實小朱莉早就換下睡衣了。讓她又特地換一次衣服，總覺得有點不好意思。

不過，畢竟是小朱莉主動說要一起去跑步，我這樣怪罪自己豈不是更失禮嗎？

「不對，現在可不是想這種事的時候。我也得在小朱莉出來之前換好衣服。」

如果發生了我在她面前赤身裸體這樣的性騷擾事件，現場的氣氛肯定會變得超級尷尬吧。即使小朱莉不會怪罪我，但我可能會被昴殺掉。那可是區區五百圓的負債無法抵銷的重罪。

難不成這就是昴的目的……？

其實他是想利用小朱莉抓住我的把柄……不對，昴這麼做對他又沒有什麼好處。我們之間的交情還沒有脆弱到需要抓住對方的把柄。

而且昴不是那種會為了私利讓小朱莉身陷險境的人渣——至少我想相信他不是那種人。因為我們是朋友。

我一邊否認這樣的推測，一邊用比平常快上好幾倍的速度換好衣服。

◇◇◇

「哈啊……哈啊……哈啊……」

「妳、妳還好吧？」

「我、我不好……」

「嗯，那我們稍微散步一下吧。」

我們才跑了五分鐘，小朱莉就已經快要累垮。

不過其實我跑得相當慢，這種速度比較接近慢跑。

「對了，千萬不要突然停下腳步喔。在呼吸還沒調整好之前都要繼續走路。」

「好的……真是不好意思，害學長也得陪我休息。」

「別這麼說，畢竟妳都說自己不擅長運動了，而且這也不是比賽呢。」

小朱莉緊緊抱著我的手臂大口喘氣。

她應該是真的累了吧。我可以透過手臂感覺到她現在的體溫非常高。不過，因為她換了方便活動的薄T恤，讓我除了體溫之外還能感覺到另一種柔軟的感觸——就連身體也跟著熱了起來。

我要冷靜啊……她可是我朋友的妹妹。也就是因此她現在才這麼信任我——

「學長……」

「唔！怎、怎麼了嗎？」

「那個……請你不要誤會喔？我不是體力差，只是不太擅長跑步……」

「呃……原來是這件事啊。不過，我聽說這種人還挺多的。有些人打球明明沒問題，一旦跑步就會立刻累垮。」

我還以為她又從表情看穿我的心思了。

但是，這樣就無法解釋她為何依然緊緊抱著我的手臂。

在暗自鬆了口氣的同時，我也靠著自身的經驗幫她說話。

因為我曾經待過田徑社，本來就經常有人來問我跑步的訣竅，像是該怎麼讓自己跑得更快更遠之類的。

「有這種事嗎？」

「嗯。畢竟跑步是一種很單調的運動。尤其是在操場上連續跑好幾圈的時候，實在是不太有趣。」

「就是說啊。我實在不擅長長跑……想到就憂鬱。」

「啊哈哈，其實我也跟妳一樣喔。」

「咦？」

小朱莉驚訝得睜大眼睛。

聽到一個曾經練過田徑的人說自己討厭跑步，也難怪小朱莉會感到驚訝。不過我當初練的是短跑，這應該也不是什麼奇怪的事情。當然了，其實短跑也是很累人的。

「每個人給自己動力的方法都不同，但就算給像妳一樣的女孩一個縮短時間的目標，跑起來應該也不會覺得有趣吧。」

「或許是這樣吧。」

「那麼妳還不如邊跑邊想其他事情。如果妳要做這種長跑訓練，邊跑邊欣賞風景也是個不錯的選擇呢。雖然發呆過頭也很危險，反正這條路也不太會有車子經過。」

不管是要減肥、鍛鍊體力，還是要改善運動不足的問題……即使每個人出門跑步或慢跑的理由都不一樣，都能夠享受這個過程。

大家都應該從中找出屬於自己的樂趣，像是挑戰用同樣的時間跑到很遠的地方，或是試著在途中找出時髦的咖啡廳，像這樣不斷累積小小的成就感才能堅持跑下去。

「那學長覺得開心嗎……？」

「咦？」

「讓你帶著我這個絆腳石根本跑不了多遠，也無法欣賞風景……真的很抱——」

「當然開心啊。」

小朱莉眼角泛著淚光，看起來非常沮喪，於是我露出微笑幫她打氣。

這可不是在安慰她。我真的是發自內心感到開心。

「因為我最近都是自己一個人跑步，只是久違地跟別人一起跑步，就讓我跑得更起勁了。」

「可是我跑得很慢，害你還得顧慮我……」

「妳根本不需要在意那種事情喔。我又不是非得跑出成績不可。可以跟妳一起跑步要來得重要多了。」

「學、學長……！」

小朱莉的臉迅速變紅。

雖然我也覺得這句話可能太過矯情，說完連自己都覺得很難為情就是了。

「而且想到跑完步就能吃早餐，也讓我覺得很開心。自己剛才跑到一半，就已經滿腦子都是這件事了……」

「學長……嘿嘿嘿，那就敬請期待吧。因為那是我全心全力完成的早餐。」

「喔喔！自己提高標準了喔！」

「沒問題！雖然剛才讓學長看到我丟人的樣子，但廚房可是我的主戰場呢！」

總覺得有些誇張，然而在對料理一竅不通的我眼中，充滿自信的小朱莉看起來很帥氣。

「那個……學長，可以再讓我保持這樣一段時間嗎？」

小朱莉一臉害羞地抬眼央求我。

如果她的主戰場是廚房，那我的主戰場就是這條馬路……這種說法果然還是太誇張呢，畢竟我早就不是田徑社的社員了。

不過，這畢竟是我的專長，就算想要稍微在她面前展現一下年長者的可靠之處，應該也不會遭天譴吧。

「當然沒問題，妳想抱就儘量抱吧！」

「謝……謝謝學長！那我就不客氣了！」

小朱莉使勁抱住我手臂的感觸實在太過柔軟，體溫也比夏天的暑氣還要火熱——毫不留情地擊潰我的理智，但我在小朱莉看不到的地方用力捏了自己的側腹，這才勉強讓自己保持理智。

天真無邪的女高中生真是太可怕了……對她來說，我可能只是類似哥哥的存在吧。她願意依靠我是件令人開心的事情，但毫無防備也該有個限度。

只是——

「哼哼哼♪」

看到小朱莉露出開心的笑容，一副隨時都會哼起歌來的樣子，我實在無法揮手把她甩開……只能拚命抗拒不斷湧上心頭的欲望，踏上宛如永恆般的歸途。

至於這情況對我來說算是地獄還是天堂——答案還是放在我心裡就好。

◇◇◇

「「我要開動了！」」

回到家裡，我們兩人都喝光一杯麥茶，然後迅速整理好餐桌面對面坐下，雙手合十準備用餐。

雖然先洗個澡可能比較好，但我們想先滿足食欲，所以只稍微擦了汗。

因為可能會想先洗澡的小朱莉率先提議這麼做，讓我省下不少麻煩。

我們今天的早餐是白飯、味噌湯、培根蛋與生菜沙拉，可說是一頓日西混合式的早餐。

因為我偶爾會去牛丼連鎖店吃的早餐定食也有提供類似的菜色，所以這種早餐可能其實並不少見吧。

「因為我把蛋重新加熱過，所以吃起來也許會比較硬呢。」

「沒關係，我比較喜歡吃口感偏硬的蛋。」

「原來如此。學長喜歡偏硬的蛋……喜歡偏硬的蛋……」

小朱莉把這句話覆誦了許多遍，像是要讓自己記住這件事一樣。

「我覺得這種事不需要特地記下來……如果妳真的想記，要不要寫在手機裡的記事本上？」

「不行，吃飯的時候還玩手機就太沒禮貌了！」

「妳還真是守規矩……這裡明明只有我一個人。」

「可是，我不想對學長沒禮貌。」

小朱莉挺直背脊，一臉嚴肅地這麼說道。

雖然不知道這是因為她信任我，還是因為我又讓她感到緊張的緣故，但既然她本人想要這麼做，我也無法否定她的決定。

我覺得有些尷尬，於是喝了一口味噌湯。

「嗯，果然很好喝。」

「嘿嘿嘿，謝謝學長的誇獎。」

「這碗湯應該是用外面賣的混合味噌煮出來的吧？」

「對。因為從熬高湯開始做好像有點誇張，而且市面上賣的味噌就很美味了。」

小朱莉親手做的料理其實很平凡，但我這樣說並沒有貶意。

昨天的咖哩飯也不是由她親自調配香料，而是用我熟知的現成咖哩塊煮出來的。

今天的味噌湯也是一樣。湯裡還放了海帶芽與一塊不到一百圓的豆腐……我想在旁人眼中，這碗湯就只是一道毫無特別之處，稀鬆平常的家常菜。

可是，我就是喜歡這樣。不需要特別，而是理所當然的美味，給人一種回到家裡的感覺。

「呼……」

不管是這碗味噌湯，還是培根蛋與沙拉，明明都不是什麼特別的東西，卻讓我吃了就忍不住想嘆氣。

我覺得鬆了口氣。這是我過去還住在老家的時候，每天都能體會到的感受……

一股熱流湧上胸口。小朱莉曾經說過：「女孩子親手做的料理對獨居男子來說是必要的。」我現在好像可以理解這句話的意思了。

不僅限於女孩子，可以吃到別人為自己煮的飯菜，實在是一件非常幸福的事情。

「學長？怎麼了嗎？」

「咦？啊，我沒事……」

總覺得眼皮底下開始發燙，讓我很自然地愣住不動。

聽到小朱莉這麼問，我才趕快帶過這個話題，重新感恩地享用這頓早餐。

雖然食材是由我掏腰包，但我很懷疑自己只借給朋友五百圓，就得到這麼好的回報是否合理。

當我想著這個問題時，忠於欲望的自己依然毫不猶豫地移動筷子，轉眼間就把眼前的早餐吃光了。

「謝謝款待。」

「不客氣。」

我心懷感激地雙手合十向小朱莉道謝。好久不曾有過這樣的充實感了。

然後，正當我準備享受飯後特有的悠閒時光時——

「啊，小朱莉，讓我來收拾吧。」

「沒關係，我來收拾就好。」

小朱莉微笑著把空盤子疊起來。我有一瞬間想到「昨天也是讓她幫忙洗碗，就這樣交給她也行」，差點順勢接受她的好意，但我很快就再次開口反對：

「不行，妳不是想去洗澡嗎？況且妳都已經讓我吃到美味的早餐，還讓妳收拾碗盤就太不好意思了。」

「學長，你的好意讓我很開心，但你曾經說過自己不擅長洗碗吧？而且既然做飯的人是我，餐具就應該由我來收拾才對。」

「嗚……不行，還是我來洗吧。因為我們家也是媽媽負責做飯，爸爸負責收拾碗盤！」

雖然男人負責工作賺錢，女人負責煮飯可能不是現代家庭的基本模式，但我家只有爸爸外出賺錢，媽媽則是全職家庭主婦……家事幾乎都是媽媽在做。可是爸爸沒有把家事全都丟給媽媽，也會在飯後幫忙洗碗。然而他不是每次都會幫忙就是了。

當我還住在老家的時候，看到爸爸在外面工作了一天，還是率先動手收拾餐具時，心裡也沒有任何特別的想法……但我現在可以稍微體會他的心情了。

「母親大人負責做飯，父親大人負責收拾碗盤。」

「母親大人……？」

小朱莉不知為何跟機器人一樣再次複誦我剛才說過的話。

而且她還不知為何臉紅了。我剛才說的話有這麼讓人難為情嗎……？

「學長……」

「什、什麼事？」

「不好意思，我想，那麼就讓我……接受學長的，好意。」

「這樣啊，太好了。那我就……」

「我就跟學長的母親大人一樣負責做飯，學長就跟學長的父親大人一樣負責收拾碗盤，兩人分工合作……欸嘿、嘿嘿嘿……」

「呃、嗯。」

連續點了好幾次頭後，我開始覺得難為情，有種我們白木家的隱私被人看光光的感覺。

總之，因為小朱莉似乎對此沒有意見，收拾餐具的工作就由我來接手。小朱莉也能趁著這段時間洗掉身上的汗水——

「對了學長，我可以順便洗衣服嗎？」

「嗯，當然可以。」

「順便問一下，請問在你家是由母親大人還是父親大人負責洗衣服呢？」

「咦？好像是我媽吧？」

「原來如此！那衣服就交給我來洗吧！就跟學長的母親大人一樣！」

小朱莉這樣幫自己打氣後，連忙衝進放有洗衣機的脫衣間。她似乎是打算去洗個澡，順便把衣服丟到洗衣機裡面洗。

話說回來，我父母的家事分工模式好像一直被她拿來當做參考……總覺得很對不起他們。

當我一邊暗自向人在遠方的父母道歉，一邊把餐具拿到廚房，一個一個仔細洗乾淨時，脫衣間的門突然打開，小朱莉也從門後探出頭來。

「……學長。」

「嗯？怎麼了嗎？」

「那個……就是……請問內衣要怎麼處理？」

「內衣……？啊！對了！我的內衣！真是抱歉！」

雖然有一瞬間不明白她在說什麼，但我很快就想起自己昨天洗澡的時候，跟平常一樣把內衣丟到洗衣籃裡，臉色因而立刻變得鐵青。

難道說，小朱莉現在正看著我的內褲嗎……！

「我、我立刻拿走！呃，我會把內衣丟到洗衣袋裡……不對，我早就應該把我們的衣服分開放……啊啊，昨天怎麼沒有想到這件事啊……！」

「那個……學長，我並不介意把我們的衣服放在一起洗……」

「不行，妳不需要跟我客氣。」

「請問學長的父親大人與母親大人也是把衣服分開洗嗎……？」

「拜託不要再計較那些事了！」

總覺得連我這個兒子都開始覺得難為情了。順帶一提，我們家只有三個人，衣服都是不分男女放在一起洗！

「不需要客氣的人應該是學長才對！畢竟我是客……不，我只不過是個抵押品！我覺得只要我們都把自己的衣服放進洗衣袋裡就行了！」

「而且水費也會變得更貴……嗚嗚，如果學長無論如何都堅持要把衣服分開洗，那我的衣服就不洗了！」

「咦！」

小朱莉竟然做出這種莫名其妙的結論！

假如她不打算洗衣服，不就代表她要一直穿著同樣的衣服嗎……！

「那樣不行啦！」

「可是分開洗會讓水費變貴啊！」

「呃……如果照妳這麼說……」

煮飯、上廁所、洗澡……一旦住戶從一個人變成兩個人，自來水的使用量也會跟著倍增，但倘若我說出這件事，完全就是自找麻煩。

要是小朱莉說出這種話：「那我就不上廁所，也不洗澡了！」事情只會變得更麻煩。

「好……好啦，算我認輸！那我把內衣放進洗衣袋裡，妳就丟進去一起洗吧！這樣總行了吧！」

「……我知道了。之後可不准反悔喔？」

「不會反悔啦！」

我大大地點了點頭，同時暗自鬆了口氣。幸好事情沒有變得更複雜。

「既然如此，就麻煩學長幫我從裡面把內衣拿出來吧。」

小朱莉一邊這麼說，一邊把洗衣籃從脫衣間裡丟出來。

「奇怪？為什麼要特地把洗衣籃丟到外……面……」

我想也不想就問了這個問題，但看到擺在洗衣籃裡最上面的衣服，讓我驚訝得說不出話。

因為那件衣服就是小朱莉剛才穿在身上的T恤。

「不好意思……因為我是在脫掉衣服後才注意到這件事，現在那個……不太方便見人……」

「我、我想也是！」

「那件衣服已經完全被汗水沾濕，就算要穿回去也很麻煩……我還沒把內衣脫掉，如果學長堅持要我出去的話……！」

「我可沒有這麼說喔！拜託妳乖乖在裡面等我就好！」

我大聲叫了出來，想要趕緊把內衣放進洗衣袋裡，可是……

「那個，小朱莉，我把洗衣袋放在脫衣間裡，就在洗衣機上面的置物架上……」

「咦？啊，該不會是那個吧？嘿咻……我找到了！」

「謝了。可以麻煩妳把洗衣袋拿給我——」

「咦咦！」

小朱莉不知為何驚訝地叫了出來。

我這次應該沒有說錯話才對——奇怪？怎麼有種不好的預感……？

「我明白了……雖然有點難為情……！」

說出這句危險的發言後，脫衣間的門立刻開始慢慢打開。

啊，看來我的不好預感要實現了。

「停！別出來！小朱莉！妳不需要親手把東西交給我！只要跟洗衣籃一樣直接丟到走道上就行了！」

「啊！說、說得也是呢！」

小朱莉似乎也發現這件事。她激動地叫出來，直接把洗衣袋丟到走道上。奇怪？洗衣袋是可以這麼平整地丟在地上的東西嗎……？

「趁、趁現在！」

「沒、沒問題！」

我異常激動地配合小朱莉的號令，在脫衣間的門關起來的瞬間衝過去，拿起洗衣袋。為了避免碰到小朱莉脫下來的衣服，我迅速找出自己的內褲（四角褲），封印在洗衣袋裡面。

很好，這樣就算處理好萬惡的根源了。雖然我很懷疑是否有必要這樣趕時間……啊，對了。

「小朱莉，可以麻煩妳多洗一件衣服嗎？」

「咦？當然可以。」

小朱莉的反應像在懷疑我為何要問這種問題，讓我也很好奇自己為何要這麼問。算了，這種事一點都不重要。我脫掉自己身上的T恤把洗衣袋包起來，避免洗衣袋因為沾到汗水變得透明，讓小朱莉看到裡面的東西。

然後，我重新把洗衣籃擺在脫衣間的門旁邊……這樣就行了！

「小朱莉，我都搞定了。」

「好的！」

小朱莉提心吊膽地慢慢打開脫衣間的門。

然後她伸手把洗衣籃拖進脫衣間裡，重新把門關上。

呼……這樣就不會撞見她只穿內衣的樣子了吧……！

在感到放心的同時，我重新開始洗碗——不對，還是先穿上上衣吧。要是我繼續打赤膊，很可能會被洗完澡的小朱莉撞見。

正當我懷著這種想法準備從廚房走到寢室時，事情就發生了。

——下面就來介紹一下我家的格局吧。

從玄關通往寢室的走道同時也是廚房，而通往脫衣間的門就在這裡。脫衣間裡擺著洗衣機與洗臉盆，還有通往浴室跟廁所的門。順帶一提，浴室跟廁所是分開的。

然後，從走道通往脫衣間的門是平開門。就是那種常見的門，只要轉動門把就能打開。

如果從走道的方向看，這扇可以從脫衣間裡推開來的門，正好可以讓人看不到廚房這邊，所以我跟小朱莉剛剛才能不用看到彼此。

然後就是重點了。

從脫衣間推開的門會擋住視線，讓人看不到廚房這邊，但既然這是一扇平開門，另一邊當然毫無防備。

而廚房的另一邊就是寢室。

這應該是一種很常見的房間格局。雖然我不曾覺得這種格局特別好，但也不曾感到不方便。

可是，當我為了拿衣服走向寢室——卻看到脫衣間的門不知為何再次打開時，我頭一次對這個房間的格局感到怨恨。

「學長！這是不是你剛脫下來的……的……」

為什麼小朱莉要特地把門打開？

為什麼我都注意到這件事了，卻還停下腳步？

為什麼我沒有先等小朱莉完全進到浴室？

現在說這些都已經太遲了。

事實就是，小朱莉打開了脫衣間的門。

而且因為這個房間的格局，我們之間沒有任何阻礙，就這樣對上視線了。

我打著赤膊只穿一件短褲，小朱莉則是穿著內衣，手裡還握著我的T恤。

（粉、粉紅色……）

我看得一清二楚，完全沒有辯解的餘地。

唯一的遺憾——不，是不幸中的大幸，就是小朱莉還穿著五分褲。她好像是在脫掉上衣時就發現內衣的問題。真是萬幸。

可是，就算只有上半身，她穿著內衣的樣子還是非常有破壞力。

小朱莉毫無疑問是感到害羞——不光是臉蛋，連脖子都紅透了。她保持著開門的動作，整個人完全愣住，我也不知為何像是被釘住一樣，身體動彈不得。

她那光滑柔嫩的肌膚、明顯隆起的胸部，以及穠纖合度的水蛇腰……都讓我無法移開目光。

（話說我怎麼能一直盯著她看？笨蛋，給我自制一點，她可是——）

沒錯，她是朋友的妹妹。不能把她當成是年紀只比我小一歲的女孩。

雖然這件事發生得很突然，起因也很莫名其妙，讓我不是很清楚小朱莉——不，是宮前兄妹到底有何企圖……但我已經決定要接納她了。

小朱莉與昴肯定也都很信任我……所以我不想因為這樣背叛他們。

「抱歉！」

「啊……」

為了澆熄心中那股愚蠢的欲火，我大聲道歉後就轉身背對她。

我完全不曉得自己到底看了多久。感覺時間過了很久，又好像只有短短一瞬間。

可是，我還是看到了。這個事實已經無法抹滅，所以我必須道歉……直到轉過身體為止，我做的一切都是正確的。

……我想不到接下來該說什麼。不管多麼努力都只能想到「抱歉」這兩個字。

可是，以前曾經有人告訴過我，道歉的話說得愈多就會變得愈廉價。

所以，除了「抱歉」之外，我還得說些什麼才行。

「學長。」

那道聲音十分平靜，讓我驚訝得無法做出任何反應。

「你為什麼要道歉？做錯事的人明明是我才對。是我自己大驚小怪，才會隨便把門打開。」

「不，妳沒有錯。都是因為我亂跑才會發生這種事……」

「可是，學長也需要換衣服啊——哈啾！」

因為小朱莉突然打噴嚏，害我差點轉過頭，但我還是勉強克制住自己的衝動。

至於打了噴嚏的小朱莉則是難為情地笑了出來。

「對、對不起。我不是故意的……」

「妳不用道歉。仔細想想，我們兩個人都沒穿衣服還站在這裡說話，到底在做什麼呢……？」

如果從客觀的角度來看，這幅光景實在很奇怪。雖然我這個當事人更看不下去就是了。

而且現在還是夏天，在開了冷氣的室內裸露身體，會覺得冷也很正常。更何況我們剛才都有流汗，體溫本來就比較低。

「總之那個……妳要不要先去洗澡？」

「說得也是。就這麼辦吧！謝謝學長！」

小朱莉活力十足地向我道謝後，重新關上脫衣間的門。

不久後，從脫衣間裡又傳來關門聲。她應該進去浴室了吧。

「呼……」

聽到關門聲後，我感覺身體變得輕鬆多了。

可是，我的心情依然很沉重——感覺就像是審判時間往後延而已。

「傷腦筋呢……即使我曾想過住在同一個房間裡，這一刻遲早都會到來，但這也未免太快了吧！」

雖然這種意外很可能會發生……但我希望它不要發生。

就算要我做好這件事可能會發生的心理準備，也該給我更多時間……可是這件事竟然在小朱莉來的第二天就發生！而且還是在早上！她來這裡還沒滿一天耶！

「嗚……就算我在這裡抱怨也無濟於事。畢竟受傷的人可是小朱莉……」

我如此告訴自己，並且換上新的T恤。

然後我決定繼續回去洗碗。為了放棄思考，我得讓自己的手動起來。

不過，看到盤子上的油汙逐漸被洗掉，讓我的心情稍微變好了些。

◇◇◇

「學長，其實我沒有生氣喔？」

「……咦？」

當我捨棄年長者的尊嚴，跪在地上迎接沖完澡，換上去跑步前那套便服的小朱莉時，她既沒有生氣也沒有嘲笑我，而是一臉困惑地這麼說道。

「因為我們都是受害者不是嗎？雖然你看到我的裸體，但我也……有看到學長的裸體……」

「不，男生跟女生的裸體價值根本不一樣……」

「那是因為學長是男生。我反倒覺得……沒、沒事！總之，我們算是扯平了！」

面紅耳赤的小朱莉探出身體，使勁地拍打桌面。

「所以，請學長不要擺出那種歉疚的表情！你沒有做錯任何事情！不然要我給你再看一次也行！」

小朱莉依然激動地紅著臉，不知為何把手擺在襯衫的鈕釦上，從最上面開始依序解開……話說這是什麼情況啊！

「不、不用了！妳不用給我看！」

我趕緊抓住小朱莉的手，阻止她做傻事。

「這樣真的太莫名其妙了！」

「啊，說、說得也是……」

「我明白了。我不會把那件事放在心上。」

我放開小朱莉的手，深深地嘆了口氣。

雖然心裡還是有點疙瘩，但我突然有種強烈的倦怠感。現在真的還沒到中午十二點嗎……？

我想知道小朱莉的反應，便把目光移過去，結果看到她正盯著自己的雙手發呆。

「對了！洗衣機！」

然後她突然叫出聲來，抬頭看向我。

「那個，我一直想向學長請教洗衣機的用法。因為機種跟我家裡的不一樣。」

「啊……可是，我也不曾認真看過說明書，妳就自己隨便按個幾下……」

「…………學長，可以請你教我嗎？」

「呃……沒問題。我很樂意教妳！」

「謝謝學長，那就麻煩你了。」

小朱莉露出天使般的微笑，但在這之前那充滿壓迫感的笑容比較讓我印象深刻。不過本來就是想要隨便應付她的我有錯。

於是為了教小朱莉怎麼使用洗衣機，我們前往脫衣間。

然後我們站在一起操作洗衣機，可是……好近。她現在離我超級近。

這可不是應該跟看過自己裸體的人該有的距離。小朱莉使用的洗髮精和沐浴乳明明跟我一樣，身上卻還是散發著超級好聞的香味……！

「只要把柔軟精倒進這個『柔軟精注入口』就行了對吧？」

「對。洗衣精只要跟衣服一起倒進去就行了。」

「我知道了！」

這台洗衣機只是適合給獨居男子使用的便宜貨。因為功能不多，操作方式也不複雜，所以小朱莉很快就理解用法了。我甚至懷疑她是不是早就知道該怎麼使用。

「這樣就搞定了呢。」

操作完畢後，小朱莉看著開始運作的洗衣機，露出滿足的笑容。

但她立刻像是突然想起某件事，把臉轉了過來。

「對了，學長不用沖個澡嗎？」

「咦？啊……我都忘記了。不過，反正已經沒在流汗，我看今天還是——」

不對，先等一下。

雖然我平常確實會因為嫌麻煩就不洗澡，但現在我眼前有個女孩子。在女孩子面前還一身汗臭味，不就是所謂的「體味騷擾」嗎……！

「我本來是這麼想的，還是稍微沖個澡吧。嗯。」

「這樣啊，那我出去等你喔。」

「嗯，妳好好休息一下吧。」

看著小朱莉走出脫衣間，並且確實把門關上後，我才脫掉身上的衣服。

既然洗衣機已經開始運作，她應該也沒有需要在脫衣間處理的事情。這樣就不會發生意外了！

「學、學長。」

「嗚哇！」

我才剛這麼想，小朱莉就在門外呼喚我，讓我嚇了一大跳。

「嗚哇……?啊，對不起!那個……」

「有、有什麼事嗎？」

儘管我忍不住發出怪聲，還是勉強裝出若無其事的樣子。不，我肯定露餡了。畢竟發出了怪聲。

總之，我必須冷靜下來。要是表現得太過慌張，小朱莉可能會因為擔心我而衝進脫衣間。

要是她現在衝進來，我真的會完蛋。因為自己現在的情況跟剛才不一樣，不是只有上面沒穿！

設計師給我出來面對！為什麼這個脫衣間沒辦法鎖門啊！

「那個……雖然這不是需要急著問的問題，可是……」

既然不需要急著問，希望妳現在還是別問了。

雖然心裡這麼想，但我也沒辦法叫她之後再問。

「沒關係。妳有什麼問題嗎？」

為了讓小朱莉保持冷靜，我努力用紳士的口吻反問。自己現在的模樣一點都不紳士就是了。

「那我就不客氣了……我想知道該怎麼處理學長洗好的內褲！」

啊，對了。只要用浴巾裹住身體，就能避免最壞的情況發生——咦？她剛才說了什麼？

「就是……即使內褲可以放在洗衣袋裡面洗，但是要晾乾的時候，應該還是要從洗衣袋裡拿出來，我不知道自己該不該做這件事。為了保險起見，才會想先問……」

等等，妳到底為什麼要現在問這種問題！

「如果學長願意讓小女子我碰觸您穿過的內褲，我也打算做好充分的覺悟，全心全意地面對這個挑戰。」

她說話的口氣怎麼變得跟機器人一樣僵硬！

還有，她為什麼要說得好像自己很卑微一樣……！

「那、那種事讓我來做就行了！妳不需要做出那種覺悟！」

「咦？可是……難道學長的父親大人也都是自己晾內褲嗎？」

都過了這麼久，她竟然還能扯到我父母身上……！

「聽、聽到妳這麼說我才想起來！我爸爸也都是自己晾內褲！」

抱歉了，老爸。雖然我也不曉得事情為何會變成這樣，但因為我朋友的妹妹，讓你變成一個會自己把內褲拿去晾乾的人了。

不過，反正這也不是什麼壞事，老爸應該也會原諒我吧……？

「這樣啊……我明白了！所以學長的父親大人都會晾自己的內褲，母親大人則負責晾其他衣服對吧？」

「對，就是這樣！」

「呼……總覺得心情舒暢多了。謝謝學長告訴我這件事。」

「是嗎？那就好。啊哈哈……」

聽到小朱莉哼著歌從脫衣間前面離開的腳步聲後，我深深地嘆了口氣。

總覺得自己好像快累死了。趁著還沒發生其他狀況之前，我還是趕緊沖個澡吧。

我心煩意亂地進到浴室裡沖澡，同時深深感受到與女孩子同居的難處。

說個題外話，小朱莉為了要來我家住，好像還帶了可以把內衣放在裡面拿去晾乾的洗衣袋。

雖然我覺得她這樣有點奸詐，但要是自己家裡的陽台掛著女孩子的內衣，我應該會一直掛念著這件事，所以最後還是得到「小朱莉果然是個善解人意的好女孩」這樣的結論。

第5話

關於朋友的妹妹來到我家後，我頭一次去打工那天的事

小朱莉來到我家後，就這樣過了幾天。

起初我還在擔心這種突如其來的同居生活會有許多問題，但實際開始同居後還是能慢慢適應，只要記取失敗的教訓，制定好合適的規矩，就能防止第二天早上的那種意外再次發生。至少目前是這個樣子。

「這題的答案應該是……」

至於很快就開始融入這個家的小朱莉，現在正專心看著擺在矮桌上的題庫。

她是個高三生，而且目標是考上大學。這個暑假當然是左右考試成績的重要時期，根本不應該來這種地方當負債的抵押品——不，是幫別人做家事才對。

因此，看到她利用這種無事可做的閒暇時間主動念書，就讓我稍微放心了。雖然我覺得自己根本沒資格說這種話就是了。

小朱莉就跟我聽說的一樣優秀，完全沒有依靠眼前的大學生，就這樣一個人默默

地解答。即使她說這本題庫是過來這裡之前買的，這還是第一次打開來看，但她寫起來卻毫不遲疑，簡直就像在複習一樣。

「學長。」

「嗯？妳寫完了嗎？」

「是的。麻煩你幫我打分數！」

小朱莉笑瞇瞇地把筆記本跟解答集拿給我。

沒錯，這就是我現在的任務。

因為都是小朱莉在照顧我，讓無法回報她的我有種罪惡感，即便在二月考完試之後，已經有將近半年不曾念書，我還是自以為是告訴小朱莉：「要是有什麼不懂的地方儘管問我。」……結果得到了這個幫忙打分數的工作。

不過，她應該不需要我幫忙。因為這女孩從來不曾答錯，讓我澈底明白不管是她很優秀的傳聞，還是昴炫耀自己妹妹時說過的話，全都是真實的。

當我說要教她念書時，她還開心得雙眼閃閃發亮……想到這件事，就讓我有些難過地在筆記本上不斷打勾和叉叉……更正，是不斷打勾。

「嗯，妳這次也全部答對了。」

我已經幫她打好幾次分數了，還不曾看她答錯。優秀成這樣實在有點誇張。

「學長！學長！」

小朱莉拿到筆記本和解答集後，立刻紅著臉探出身體，雙眼閃閃發亮，像是在期待著什麼。

那模樣讓我聯想到猛搖尾巴的小狗，同時把手放到她頭上。

「真、真不愧是小朱莉。妳好棒……」

「欸嘿嘿嘿嘿……！」

我輕輕摸了摸小朱莉的頭，讓她露出超級開心的笑容。

這笑容也很有魅力，讓我也跟著感到難為情起來，但小朱莉完全不明白我的心情，還主動用那顆小腦袋磨蹭我的手掌。

「這樣真的有那麼舒服嗎？」

「嗯……舒服極了……」

「這、這樣啊，那就好。」

我能為小朱莉做的事情並不多，就算只能摸摸頭，如果可以幫到她，我還是會覺得很開心，但這種勞力與成果不成正比的感覺，還是讓我覺得很奇怪。

因為不知道何時該停下來，我只能一邊想著這種事，一邊繼續專心摸著小朱莉的頭，但口袋裡的手機突然發出震動，讓我回過神來。

不是因為有來電，而是因為我事先設定好的鬧鐘。

「啊……小朱莉，不好意思。」

「怎麼了嗎……？」

「我昨天應該有說過今天要去打工，現在差不多該出發了……」

「……啊，你確實有說過呢。」

奇怪？她的聲音怎麼好像稍微變低沉了……？

「我記得學長是在咖啡廳打工對吧？」

「是、是啊。怎麼了嗎？」

「沒事，我只是隨口問問。今天好像也會很熱，請學長小心別中暑喔。」

「謝謝妳的關心。對了，妳就把這裡當成自己家吧。冷氣要開多強都沒問題。」

「謝謝學長。不過，我也想出去散步一下……」

「那我先把備用鑰匙給妳，小心別迷路喔……啊，抱歉。我忘記只要用手機看地圖，妳也不可能會迷路。」

「啊哈哈……」

「不過，記得不要太晚回來喔。」

「好的，謝謝學長的關心。」

雖然小朱莉露出異常燦爛的笑容，讓我覺得有點奇怪，但因為時間真的很趕，於是我趕緊準備出門，留下小朱莉自己出去了。

◇◇◇

咖啡廳「結」——這間靜靜坐落在住宅區的獨立咖啡廳，就是我打工的地方。

不知道這樣算不算時髦，但我很喜歡這間咖啡廳既復古又沉穩的氛圍。這裡讓我感覺到一種彷彿走進電影中的風情。

自從在四月進入大學就讀後，我就一直在這間店裡工作。雖然這裡在午餐時間還挺忙的，但也有許多熟悉規矩的常客，幾乎不曾發生過意外狀況，對我這個服務業菜鳥來說算是相當友善的工作環境。

「唉……」

「嗯？看你嘆了這麼大一口氣，發生什麼事了嗎？」

午餐時間結束後，店裡現在正好沒有客人。

我在忙著收拾桌子還順便打掃店裡時，忍不住嘆了口氣。結果被同樣在這間店裡工作的女性，也就是結愛姊聽到了。

結愛姊是經營這間咖啡廳的店長的女兒，也是名很符合這間咖啡廳氛圍的美女。不過，因為這間店在裝潢的時候，似乎採納了許多她的意見，或許該說是這間店在配合她才對。

結愛姊穿著筆挺的襯衫與米黃色的卡其褲，還穿著一件素色的圍裙。雖然是跟我一樣的制服，她穿起來卻比我好看多了。

因為想看到她穿著制服的模樣，而光顧這間咖啡廳的常客也不在少數。

「竟然敢無視我？看我怎麼對付你～」

結愛姊從後面抱住我，把那對隔著圍裙也能明顯看出形狀的傲人雙峰壓過來，同時小聲地捉弄我。

而且還順便用食指在我的臉頰上亂戳。好痛。

「結愛姊……就算店裡沒有客人，妳這樣還是貼得太近了吧？」

「沒差吧？反正店裡又沒有客人。而且我跟小求的關係也不普通啊。」

「妳說誰是小求啊？」

「你不覺得這個暱稱就像吉祥物的名字，聽起來很可愛嗎？而且還可以進化，從求變成小求，然後變成小求求。」

自己的名字被人拿來亂改，讓我完全無法判斷到底怎樣才算是可愛。我只覺得自己被當成笨蛋。

「欸欸小求～你什麼時候才要進化成小求求啊～？」

「妳好煩……」

結愛姊用手指亂戳我的臉頰，讓我忍不住小聲抱怨。

她在客人面前總是把自己偽裝成賢淑穩重的成熟女性，但私底下卻經常用這種幼稚的舉動捉弄我。

不，她根本就是一個小孩子，總是隨心所欲，想怎樣就怎樣。

我記得她今年二十六歲。都已經老大不小了還不去找個正職——

「小求，你現在是不是在想什麼失禮的事情？」

「……沒有啊？別說這個了，趕快回去打掃吧。要是我們動作太慢，客人就要上門了。」

「好啦。」

結愛姊像是在鬧彆扭般有氣無力地這麼說，同時撿起擺在餐桌上的抹布。

「小求還是一樣愛使喚別人呢～我可是內場與外場的工作都要做喔。至少讓我在這種空閒時間休息一下嘛。」

「內場現在不是也沒事嗎？而且妳剛才已經休息過了。」

「唔……奇怪？求，你的臉色怎麼感覺變好了？」

「妳明顯想轉移話題啊……？」

「沒那回事。我是在稱讚——不對，我只是感到放心。其實姊姊我一直都很擔心你的身體喲。畢竟你過著不習慣的獨居生活，我怕你總是吃些奇怪的東西。」

「既然妳會擔心這種事，拜託以後讓我吃些正常的員工餐吧……」

關於這間店提供的餐點，咖啡都是由店長一個人負責，料理則主要都是由結愛姊負責。不過，因為店長也會做菜，當結愛姊不在的時候，店長就必須同時負責吧檯與廚房。

我當然是專門負責外場工作。畢竟我完全不會做菜。

在這裡打工不但可以拿到時薪，店裡也會提供員工餐，但結愛姊不知為何每次都拿還沒正式推出的試做料理給我吃。

既然是試做料理，當然有成功與失敗之分。

如果吃到成功的料理，就能品嘗到超乎想像的美味食物。有時候甚至會從員工餐變成這間店的招牌料理。

不過，既然有那種全壘打級的成功料理，當然也有驅逐出場級的失敗料理。當我吃到那種失敗料理的時候……啊啊，光是想起來都覺得可怕。

成功與失敗的機率感覺好像各占一半……不，失敗的次數好像比較多。因為這個緣故，每次面對員工餐的時候，我都會緊張得心跳加速，就算吃到成功的料理，也都是先鬆了一口氣然後才感到喜悅。

比起辛苦工作後的獎勵，結愛姊做的員工餐對我來說更像一場考驗運氣的試煉。

「咦？你不是都吃得很開心嗎？」

「妳是說誰？什麼時候的事情？」

「就是小求啊。你每次都吃得很開心。」

「結愛姊，我覺得妳該去眼科檢查了。」

「討厭啦，你好過分。」

結愛姊開心地笑了，還開始哼起歌來。看來她打算讓我吃些更噁心——不，是更有挑戰性的料理……

啊啊，我馬上開始懷念小朱莉做的料理了。事實上，如果結愛姊沒有亂講，我的臉色真的有變好，那毫無疑問都是小朱莉的功勞。

「話說回來，你怎麼不用敬語說話了？」

「……沒差吧？反正店裡又沒有客人。」

「嗯──竟然直接搶走我用過的藉口，看來小求也學壞了呢。我要把學壞的小求降級成求囉。」

「呃……拜託說人話好嗎？」

結愛姊開心地笑著，我則是嘆了口氣。

雖然結愛姊比我年長，但只要不是在客人面前，我都不會用敬語對她說話。畢竟我們的關係也沒有疏遠到需要一直這麼客氣。

「對了，求，你剛才說我故意轉移話題，那你剛才嘆氣的事情，就不用跟我解釋了嗎？」

「沒什麼好解釋的……那不過就是一種習慣罷了。」

「如果嘆氣變成一種習慣，還是趕快改掉比較好。你知道嗎？每次嘆氣的時候，幸福也會跟著跑走喔。」

「這是哪篇網路新聞寫的嗎？」

「這是常識喔。雖然你嘆的那口氣好像沒有那麼負面，要我形容的話……感覺就跟『幸福肥』差不多吧？」

「我完全聽不懂妳在說什麼……」

結愛姊偶爾……不，經常說些莫名其妙的話。

我剛才會嘆氣，全是因為想到獨自留在家裡的小朱莉。

她在我面前總是一副很開心的樣子，但她是那種很顧慮別人感受的人。我擔心讓她一個人待在家裡可能會覺得很不自在。

嗯，沒錯，因為小朱莉讓我放不下心，今天還是別吃員工餐了，一下班就立刻衝回家吧。就這麼決定了。

「欸，求，讓我告訴你一件好事吧。」

「不用了——嗚哇！」

「不准自以為是！」

結愛姊硬是摟住我的肩膀，把我的臉埋進她的巨乳之間，藉此堵上我的嘴巴。

有人這樣讓別人閉嘴的嗎！

「求，給我聽好，在女孩子面前想著其他女孩是很沒禮貌的事情喔。一個好男人必須隨時把心思完全放在眼前的女孩身上。」

（女孩子……？）

「喂，你應該是不是在想，二十六歲已經不能算是女孩子了吧？」

（她、她怎麼會知道！）

因為嘴巴被堵住讓我無法反駁，而且感覺愈是掙扎就愈會陷進這對柔軟的胸部，讓我一直努力乖乖聽話，但結愛姊還是看穿了我的想法。她明明應該連我的表情都看不到才對。

……不對，這代表她也有自覺吧。她也知道自己早就不能算是女孩——咕哇！

「好痛好痛好痛！」

因為結愛姊勒住我的手變得更用力，讓我痛到把胸部好軟這樣的感想拋到腦後。

這不就是摔角中的頭部固定技嗎……！

「我好像有種被人冒犯的感覺。可以從你的髮旋附近感覺得到。」

「拜託妳不要從那種地方看穿別人的心思啦！」

「哼，既然你不否認，就代表你真的有在想失禮的事情對吧？」

「呃……這個嘛……」

「竟然沒有否認，看樣子你很勇喔。是嗎？」

「嗚……！好難受……！」

「可是姊姊的心比你還要難受喔？唉，為何這個弟弟會這麼不可愛——不對，你這種囂張的態度好像也有可愛之處。感覺就像有點臭屁的傲嬌弟弟進入青春期——」

正當我快要窒息，意識也開始變得朦朧時……掛在店門上的鈴鐺發出了聲響。

「歡迎光臨！」

結愛姊用快到肉眼看不見的速度放開我，以完美的業務式笑容與響亮的聲音迎接上門的客人。

總算得救了……！結愛姊的表面工夫是一流的，絕對不會讓客人看到她虐待同事的樣子。

看到她裝出一副剛才什麼事都沒發生的樣子，臉上掛著爽朗的業務笑容，讓我覺得有點不爽……但我還是很感激這位及時出現的客人。

我甚至想自討腰包請對方喝杯咖啡——咦？

努力調整好呼吸後，我轉頭看向店門口——然後整個人愣住了。

那女孩散發出強烈的存在感，讓表面工夫完美無缺的結愛姊都忍不住小聲說出：

「哇，好可愛的客人。」

她澈底融入這間店的復古氛圍，讓此時此刻看起來就像是電視劇裡的一幕。

那位少女穿著跟早上不一樣的衣服，換上了一件氣質清純的連身裙，還穿著我頭一次看到的涼鞋，外面的風從半開的門吹進來，讓她那頭黑髮輕輕搖曳。看到小朱莉現在的樣子，我整個人都愣住了。

雖然這也是因為她那副說是充滿神聖感也不為過的模樣讓我看傻了眼，不過重點還是因為自己完全無法理解她為何會出現在這裡。

「那……那個……請問妳是……」

當結愛姊也因為店裡突然來了個美少女，而不知道該做何反應時，小朱莉吞吞吐吐地開口了。她不是看著我說話，而是看著結愛姊——咦……？

我總覺得她好像眼神渙散，臉色也有點蒼白——

「嗚嗚……」

「喂！」

「小朱莉！」

看到小朱莉突然一個站不穩的瞬間，我立刻衝過去。

我從擋在前面的結愛姊身旁衝出去，勉強在小朱莉倒地前抱住她。

幸好我讀國中與高中的時候有練過田徑。如果沒有這種爆發力，絕對來不及抱住她——不對，這不是重點！

「小朱莉，妳沒事吧？小朱莉！」

「學長……」

聽到我的呼喚，小朱莉神情恍惚地做出回應。她好像有些呼吸困難，身體燙到不行，臉色也很難看……

「啊……她八成是中暑了。」

結愛姊從我身後探頭看了過來。

「求，我聽到你喊了她的名字，她是你朋友嗎？」

「說是朋友好像不太對……應該說……」

「你為什麼要用那種閃爍其詞的說法？又不是偷吃被抓包的丈夫。」

「偷吃……？」

「啊，妳還是別說話了。求，你先把這女孩帶到樓上吧。晚點可能還會有客人上門，就讓她在這裡休息吧。」

「咦，啊……交、交給我吧！」

「爸爸！麻煩你幫忙顧店一下！求，我們走吧！」

老實說，我完全搞不清楚狀況，但現在得先把小朱莉的事情擺在第一位。

我抱起整個人癱軟無力的小朱莉，快步追上在前面帶路的結愛姊。

◆◆◆

那是昨晚發生的事情。

我來到這裡好幾天了，雖然日數還在五根手指數得出來的範圍內，但我來到學長的家，在這裡住下來，還度過了這麼長的時間。

就算只有短短幾天，對我而言依然是一大壯舉。這段時間是如此幸福……但也存在著一些麻煩。

那就是——現在。

「嗚嗚……嗚嗚嗚嗚嗚……！」

從牆壁後方隱約傳來的淋浴聲，讓我苦惱不已。

那聲音非常細微，但也就是因為這樣才讓我無法不去在意。

一想到學長正在浴室裡淋浴，就讓我忍不住想像他一絲不掛的樣子——

「不行，朱莉！邪念退散！邪念退散！」

我抱著頭蹲在地上，但在腦海中一度浮現的膚色身影還是沒有消失。

話、話說回來，為什麼「淋浴」會叫做「淋浴」呢？

淋在身上的又不是浴池，而是浴池裡的熱水。要是讓浴池淋在身上，只會讓人覺得又硬又痛，根本無法讓身體得到休息。

所以正確來說應該不是「淋浴」，而是……不對，就算思考這種問題也無法幫助我逃避現實！

不行，我不能胡思亂想。我不能胡思亂想。

得想想其他事情……心急的我突然看到一樣東西，立刻伸手抓住，想也不想就衝了出去！

『是喔。』

電話另一邊的女孩表現出完全不感興趣的態度，短短地應了一聲。

『妳突然打電話過來，我還以為是要說什麼重要的事情……』

「拜託不要這樣嘆氣好嗎！這種事我也只能找妳商量啊！」

我會想要這麼做，是因為來到學長家的第一天發生的事情。

當我去洗澡的時候，學長在外面跟哥哥講電話。

沒錯，如果聽到學長洗澡的水聲會覺得難受，只要出來屋外就沒事了。

可是現在是晚上，而且在幾乎完全不熟的地方到處亂跑也很危險，於是我決定跟學長一樣在房間門口打電話。

對方是小璃。她是我的摯友。

其實我們是上了高中才認識的朋友。

因為我們的高中生活幾乎都一起度過，所以我們完全夠資格算是摯友。

不過，就算小璃是我的摯友，要我告訴她自己有了喜歡的對象，也還是讓我有些害羞，才會一直不敢開口。

我只告訴她，說自己要在這個夏天一決勝負。

既然做過這樣的宣言，我就必須向她報告結果，所以打電話給她也不是什麼奇怪的事情！

『妳說要在這個夏天一決勝負，我還以為是指考試的事情。』

「那是因為妳太正經了。」

『我沒想到竟然會有被妳這麼說的一天。』

小璃傻眼地嘆了口氣。

她看起來確實不像是個正經的人。畢竟她總是給人一種有氣無力的感覺，皮膚也曬得比較黑，看起來有點像辣妹。

然而我很清楚她其實是個正經的女孩。因為校規禁止學生配戴飾品，她就乖乖不戴，指甲也只經過修剪。膚色比較黑也是因為她喜歡戶外活動。

『話說回來，我實在想不到妳竟然會想談戀愛。』

「會嗎？可是我也喜歡看少女漫畫啊？」

『但是有人向妳告白的時候，妳不是每次都立刻拒絕人家嗎？』

「因為他們都不是我喜歡的人啊。」

『妳這麼說也有道理啦。』

儘管小璃這麼說，但我知道她也被告白過好幾次，而且每次都拒絕對方。

她被告白的次數應該比我還多吧。

畢竟小璃長得很可愛而且又很帥氣。就連同樣是女生的我，也偶爾會有快要暈船的感覺。

『所以朱莉妳說要一決勝負，原來是到喜歡的人家裡投懷送抱的意思啊。』

「投懷送抱……雖然就是這麼回事……但妳這種說法也未免太直白了吧？」

『因為聽妳的說法，事實就是這樣不是嗎？』

啊，這種直言不諱的說話方式……就連講電話的時候小璃也還是一樣沒變。

想著這種理所當然的事情，讓我有一種莫名的安心感。

因為這幾天的同居生活而變得浮躁的心，好像稍微平靜下來了……

『還有那個……雖然我不知道他是誰，但妳喜歡的人真的有那麼好嗎？』

「那還用說！」

『太大聲啦！』

糟糕，我一個不小心就大聲叫了出來。這裡是室外，必須小聲一點……！

可是，我的心實在無法保持平靜。

『朱莉，妳怎麼好像有點激動？』

「因為我過去一直不曾跟別人聊過這種話題啊……！」

『也對，要是妳有了心上人，妳那個哥哥應該會很囉唆吧。』

「這個嘛……或許會吧……」

其實哥哥最煩人的時候，是我每次只要晚一點回家，他就會一直問我是不是交了男朋友，也不過就是稍微有點煩人罷了。

不過，自從哥哥考上大學離開老家後，他好像交到了女朋友，個性似乎變得沉穩多了。而且除此之外——

『那結果怎麼樣？』

「咦？」

『咦什麼咦，妳不是都主動投懷送抱了嗎？有沒有什麼收穫？』

「收穫……嗯！當然有！」

我努力壓低音量，但使勁地點了點頭。

我當然有收穫。那就是——

「小璃，我跟妳說喔。只要我比學長還要早起床，就能慢慢欣賞學長的睡臉，還能親自叫他起床喔！」

『嗯？』

「學長睡眼惺忪地揉著眼睛的樣子就跟小動物一樣可愛呢！」

『喔……』

「我每天都做飯給學長吃，而且學長也吃得很開心，還說我做的飯菜很好吃。我每次都有種心裡小鹿亂撞的感覺，覺得自己幸福到不行……妳應該懂這種感覺吧！」

『我不懂。』

「這樣根本就是在體驗新婚生活了吧！可是我一點都不覺得辛苦！反倒覺得日子變得一天比一天更好！妳說，我們是不是就快步入禮堂了！要是他等一下突然拿出婚戒，我該怎麼辦啊！」

『不會有那種事吧。』

她居然否定得那麼乾脆！

小璃有些傻眼的聲音，讓我感覺被人潑了一頭冰水，意識也被拉回現實。

真是危險。也許是因為這陣子太過壓抑，讓我忍不住亂放閃了。小璃當然會覺得傻眼。

「嘿嘿嘿，對不起喔，小璃。」

『話說，雖然我來問這種問題可能有點奇怪，但我又不知道妳喜歡的人是誰，就算聽到妳跟那個不知名的傢伙之間的愛情故事，也不知道該做何反應。』

「妳說得對……可是，要我說出他是誰，我會覺得不好意思……」

『不，我覺得妳剛才說的那些話，應該更令人難為情才對。』

「嗚……是這樣沒錯啦……」

可是要我說出自己喜歡誰，還是會覺得很難為情。

因為現在的我跟學長還不是那種關係，只是我單方面喜歡學長。學長不可能送我婚戒這種事，我自己最清楚不過了。

「不過，如果我跟學長的關係可以再稍微更進一步變成特別的關係，肯定就能對自己更有信心，主動告訴妳他是誰了！」

『那我就不帶期待地等妳報告吧。』

「什麼！拜託妳期待一下啦！」

我是鼓起十足的鬥志才敢下定決心說出這種話，但小璃的反應似乎有點微妙。

『啊，抱歉。我不小心就實話實說了。不過，聽完妳剛才那些話，其實我覺得這好像有些困難。』

「為、為什麼……」

『因為朱莉長得很可愛啊。』

「咦？」

她、她是在稱讚我嗎！

雖然小璃不是頭一次稱讚我，也不是難得說出這種話，但她這人有點陰沉，經常故意捉弄我取樂。

『朱莉還是處女對吧？』

「咦……！」

『也還不曾有過初吻對吧？』

「是、是這樣沒錯啦……」

『那位學長應該還沒把妳推倒吧？』

「推……！小、小璃！那種事情……！」

就跟小璃說的一樣，當然沒有發生那種事。

說我不曾想像是騙人的，但小璃這句話來得太過突然，讓我不知該怎麼回答。

『老實說，就連同樣身為女生的我有時候都會覺得妳很可愛。妳現在不是跟那位學長住在同一個屋簷下嗎？可是他卻完全沒有表現出想對妳出手的意思，這樣一點都不正常吧？』

「才、才不是完全沒有……」

『沒有嗎？可是妳剛才告訴我的那些甜蜜小插曲，完全沒有給我那種感覺耶。』

「嗚……！」

噗嚓！

小璃用名為話語的利刃狠狠刺了過來！

『那位學長是妳哥哥的朋友對吧？』

「嗯……他在高中時代來過我們家好幾次，現在也跟哥哥讀同一所大學。」

小璃像是要確認我剛才告訴她的情報，問了這個問題。

雖然我發現說出這件事可能會讓小璃有辦法猜到學長是誰……但小璃應該對我哥哥不感興趣，也不知道他有哪些朋友。

『朱莉，妳有辦法在那位學長家裡住下來，也是因為妳哥哥有幫忙說話對吧？』

「嗯。」

『這樣那位學長該不會覺得自己只是在幫忙照顧朋友的妹妹嗎？』

「妳是說……？」

『那位學長大概只把妳當成妹妹看待吧。』

「當成妹妹………？」

這就代表我跟學長之間的關係，對學長來說就跟我和哥哥之間的關係差不多——

『朱莉？』

「啊……！」

我不由得恍神了一下。

雖然我希望小璃把話說得更婉轉一些，但這種說法也意外地讓我感到認同。

學長看著我的眼神無比溫柔，與其他男人看我的眼神完全不同。

他肯定從我們初次見面的時候就這樣了，所以我才會對學長——

「可、可是這很難說吧！就算學長過去只把我當成妹妹看待，也可能會突然覺得我是一個女人啊！這種事很有可能發生！畢竟我們又沒有血緣關係！」

『……這麼說也是呢。』

小璃的反應不知為何有點奇怪。她平常是一個大家公認有話直說的人，卻難得把話說得這麼不清不楚。

她現在給我的感覺，就跟即便心裡覺得「聖誕老人其實不存在」，卻得配合相信聖誕老人存在的孩子說話的父母差不多。

『他應該不是同性戀吧？』

「咦？」

『我這麼說沒有什麼奇怪的意思，只是……畢竟世人對這種事愈來愈寬容了。』

「我、我想學長應該不是那種人。」

『應該？』

「因為我又沒有直接問過他，也不打算問這種問題……可是，如果學長真的是那種人，我想他會主動告訴我。畢竟我們現在住在一起。假如學長真的是那種人，為了讓我感到放心，他一定不會隱瞞這件事。」

『嘿——看來妳很信任他呢。』

「若我不信任他，就不會主動送上門……也不會喜歡上他了。」

『我想也是。』

光是說出「喜歡」這兩個字，就讓我的心臟跳個不停，臉頰也開始發燙……但這也讓我明白自己是發自內心喜歡學長。

這只是我一廂情願的感情，然而小璃似乎也能理解……只是她好像忍不住苦笑。

『那他有女朋友嗎？』

「咦？我、我覺得應該沒有……」

『可是他不是一個很棒的人嗎？』

「那、那當然！學長他——」

『停停停。拜託妳不要再放閃了。我想說的是如果他真的那麼棒，就算有一、兩個女朋友也不奇……不，有兩個就太奇怪了。可是，就算他有個女朋友，應該也不奇怪吧？』

嗚……她說得確實有道理。

「可是，我哥哥說過學長沒有女朋友，所以我可以放──」

『妳那個哥哥說的話能信嗎？』

嗚嗚嗚！

即便小璃不會隨便說別人的壞話，但她不是很信任我哥。

不過，我能體會她的心情。雖然我哥不是個壞人，卻是個輕浮的傢伙，經常不用頭腦只看心情做事……想到這點我就突然無法相信他了。

可是，如果是這樣，學長不就很可能早就有女朋友了嗎……！

『畢竟當上大學生以後，認識女生的機會也會變多。妳看，不管是參加社團還是去打工都有機會。儘管我也不是很懂，但還有跨校活動這種東西不是嗎？』

「打工……啊！小、小璃！這麼說來學長有說過他在咖啡廳打工！」

『啊……咖啡廳很不妙啊。那種地方只有想要找對象的傢伙。』

「是這樣嗎！」

『至少我在咖啡廳打工的時候，就經常有人過來搭訕。不過我全都拒絕了。』

「這樣啊……真不愧是小璃……」

小璃在很多地方打工過，是個經驗豐富的老鳥。

而且成績還很優秀，實在太帥氣了。

「可、可是，照妳這種說法……」

『那位學長很可能在他打工的地方交了女朋友……就算還沒進展到那一步，也可能有遇到不錯的對象呢。』

「怎麼會這樣……！」

這是個盲點。畢竟哥哥也不見得完全了解學長在打工地點的交友狀況。

可是，如果是這樣，那我只好……！

『不過，這只是我亂猜的。抱歉朱莉，妳還是把剛才那些話忘——』

「好吧……我就去確認一下。」

『……朱莉？』

「學長正好說他明天要去打工，我就跟過去看看情況！」

我斬釘截鐵地說出自己的決定。

◆◆◆

「嗚……嗚嗚……」

「啊，她醒了。哈囉，美少女小姐。」

「咦……？」

當我回過神時，發現自己躺在飄散著香味的棉被裡。

在這個夕陽的紅光從窗外照射進來的房間裡，只有我跟另一個人——

「美女大姊姊……？」

「哇！妳怎麼突然稱讚人家～？」

大姊姊嚇了一跳，臉上卻掛著開心的傻笑。

總覺得她背對著夕陽的樣子，看起來更漂亮了……不對，這不是重點！

「我、我怎麼會在這種地方？為什麼大姊姊會在這裡……！」

「妳不記得了嗎？妳走進我們店裡然後就突然昏倒了，所以才把妳搬來這裡。對了，這裡是咖啡廳的樓上，也就是我家。」

「昏倒……啊！」

我想起來了。

昨晚跟小璃聊過以後，我決定要去學長打工的地方看看情況。今天早上送學長出門後，我就換了一套衣服免得不小心被他發現，還擦了防曬乳，然後便偷偷跟在學長後面。

我為了跟蹤學長花了太多時間做準備，但反正學長又沒有腳踏車，只要目的地沒有遠到必須搭電車才能到，想憑著「學長在咖啡廳打工」這樣的情報，找出可能是他打工地點的咖啡廳，其實並不是很困難。

我當然知道瞞著學長偷偷觀察他打工的樣子，不是什麼值得稱讚的行為，但我沒有非得去學長打工的地方不可的理由，如果我硬要去幫他打工，結果把哥哥的負債還清，那就未免太過愚蠢了。

當然了，我早就準備好許多藉口，可以讓哥哥的負債永遠還不完，也不打算讓學長輕易趕我離開……嗚嗚，可是現在這種為了抵債而住在學長家的說法，本來就是建立在學長的善意之上……

「嗚嗚嗚……」

「妳……妳為什麼要抱著頭！身體還是很不舒服嗎！」

「啊，不是這樣的……」

想到不該想的事情讓我忍不住抱頭苦惱，也讓美女姊姊擔心地探頭看了過來。

害她操心的罪惡感與成熟美女的氣場，讓我不由得閉上嘴巴。

沒錯，這個人……這個人很危險。

——那位學長很可能在他打工的地方交了女朋友……就算還沒走到那種地步，也可能有遇到不錯的對象呢。

我想起小璃曾經說過的這句話。

雖然我無法想像那個「不錯的對象」是什麼樣子，但想不到在學長打工的地方竟然有這樣的美女。

她能在客人面前露出無可挑剔的美麗笑容，還能完美地做好自己的工作。

光是這樣就讓她散發出成熟女性的魅力，十分具有威脅性，當店裡沒有客人後，她還跟學長那麼親密，甚至突然抱住學長，露出與在客人面前完全不同的撒嬌笑容！

他們兩人之間一定有鬼。可是，萬一他們兩個之間真的有什麼，我該如何是好？

因為她是個大人，而且漂亮得連我這個女生都會看入迷——

「來，喝點運動飲料吧。」

聲音也無比溫柔。

我忍不住要懷疑，她拿給我的這半瓶運動飲料是否藏有某種特別的含意。

「怎麼了嗎？」

「那個……這瓶飲料只剩下一半……」

「是啊。直到中午之前這瓶飲料都還沒開過喔？不過已經喝掉一半了。」

「咦，被誰喝掉的？」

「就是妳啊。讓妳躺下之前，我不是有拿給妳喝嗎？」

「啊……」

聽她這麼一說，我好像有點印象……？

老實說，睡著之前的事情我記得不是很清楚……我記得自己當時正看著學長發呆——不，是努力監視學長，結果因為在大太陽底下待了太久，腦袋變得愈來愈昏沉，最後……我不知為何搖搖晃晃地走進學長工作的咖啡廳。

就算是因為腦袋變得昏昏沉沉，但自己走進咖啡廳也還是太誇張了……啊啊，我到底在耍什麼白癡啊！

結果就被學長發現我擅自過來這裡，還給他添了不必要的麻煩。

我明明早就決定無論如何都不能給他添麻煩……！

「哇哇！妳怎麼哭了？呃……妳叫小朱莉對吧？拜託妳別哭了！水分現在對妳來說非常重要！」

羞愧與懊悔讓我討厭起自己，忍不住流下眼淚。而大姊姊則慌張地用手帕幫我擦去淚水。

啊啊，看來她肯定是個好人，跟既溫柔又帥氣，而且與笑容爽朗的學長十分速配。我甚至覺得她給人的感覺跟學長很像。

「對不起……那個……真的很謝謝妳。」

「沒關係。反正我也是拿照顧妳當作藉口，現在才能光明正大地蹺班♪」

「這樣真的沒問題嗎？」

「妳放心啦。只要過了午餐時間，店裡就不會有什麼客人了。平常除了在店裡陪常客聊天之外，也只有在後場跟求閒聊。」

「對了，妳跟求認識對吧？我問過你們兩人是什麼關係，但他沒有回答，只露出有些複雜的表情。」

求……聽到大姊姊習以為常地說出學長的名字，讓我感到胸口一陣刺痛。

「這個嘛，我跟學長是……」

我們是什麼關係？

我不想思考這個問題，只能含糊其辭。

我怕這會讓我跟學長之間的距離變得明確，更加體認到自己跟她之間的差距。

「學長？妳是求的學妹嗎？」

「是、是的。」

「嗯？那原來你們不是大學同學嗎……可是這樣很奇怪。求不是大學一年級的學生嗎？他也沒有重考，如果有學妹的話就應該是高中時代的學妹，但這裡離他老家並不算近……啊！」

大姊姊托著自己的下巴，小聲地唸唸有詞。

她好敏銳，而且似乎相當了解學長的事情。雖然她知道學長的年齡並不奇怪，但連高中的事情都知道就很奇怪了。

「……啊，不好意思！都是我在發問。妳應該會覺得我這個人很莫名其妙吧！」

大姊姊似乎發現我變得心情低落，便露出了關懷的苦笑。

「我叫白木結愛，是樓下那間咖啡廳店長的女兒。我在店裡打工，其實就跟在老家幫忙沒什麼分別。不過，這也讓我大學畢業後可以不用找份正職工作，過著悠閒的生活。」

「白木結愛小姐……我叫宮前朱莉。」

「宮前朱莉！我早就覺得妳的名字很可愛了，想不到連姓氏都一樣可愛呢。」

大姊姊……不，是結愛小姐露出了溫和的笑容。

以前從來不曾有人稱讚過我的名字，她說不定只是想開個玩笑，舒緩一下現場的氣氛。

「話說回來……想不到求竟然有個跟天使一樣可愛的學妹。我從來不曾聽他提起過這件事。」

「嗚……！這是因為我以前跟學長之間沒有太多交集……」

「咦？那妳怎麼會來這間咖啡廳？難道妳是偶然搬家到這附近嗎？不對，妳剛才說了『以前』對吧？也就是說，雖然你們以前沒有太多交集，但現在變得不一樣了……啊！抱歉！又變成都是我在發問！」

「沒、沒關係……」

「不過，這也是沒辦法的事。畢竟我這個人就是充滿好奇心。」

「這樣啊……」

「而且看到這麼可愛的女孩，還有辦法保持平常心的人才不正常！想刨根究底，徹底了解這位可愛的女孩，不是理所當然的反應嗎！」

結愛姊興奮地大口喘氣，還把臉靠了過來。

她剛才明明還像一位成熟的大姊姊，現在卻雙眼閃閃發亮，看起來有點孩子氣。

「沒有把這個任務交給求果然是對的。如果在這裡的人不是我，而是求的話，他說不定早就對妳亂來了。」

「亂……！不、不可能會有那種事啦！學長才不會做那種事喔！」

「這可難說喔？男人這種生物都是些……啊，不過求這傢伙意外地還算正派，說不定真的會專心照顧妳。他會假裝自己很成熟的樣子，在女生面前耍帥。畢竟他是個頑固的傢伙。」

「我、我可沒有說到那種地步……」

雖然嘴巴上這麼說，但我敢說學長絕對不會像結愛姊說的那樣對我亂來。因為我們在同一個房間裡睡覺的時候，他完全沒有表示出想那麼做的跡象。

……這種說法聽起來像是我希望他對我亂來一樣。不過，其實他如果能稍微表現出那種跡象，我或許會覺得很開心吧。

可是，學長身邊還有這個人。跟結愛小姐比起來，我就像個孩子一樣。他肯定不會對我產生那種想法。

「求的這種個性從小就不曾變過呢。他總是想做個好人。我以前不小心弄壞求的玩具時，他還跳出來幫我說話。明明自己都快要哭出來了……可是，他的這種個性實在不知道該讓人覺得討厭，還是覺得可愛……」

「這、這樣啊……」

結愛小姐露出溫柔的眼神這麼說，讓我不禁想像年幼的學長強忍著淚水的模樣。那副模樣肯定就跟結愛小姐說的一樣可愛吧。

我不知道學長的這一面。從我們初次相遇的時候，學長就一直很溫柔，而且既可靠又帥氣……一直是我憧憬的對象。

「結愛小姐對學長還真是了解……」

「那還用說嗎？誰教我是他的堂姊。」

「原來是堂姊啊……」

…………咦？

「堂姊……！」

「嗚哇！怎麼了嗎？妳為什麼突然大叫？」

「妳還問我為什麼！原來結愛小姐是學長的堂姊嗎！」

「是、是啊。我沒說過嗎？」

「妳沒說過！」

我大聲叫了出來，然後想起一件事。

她剛才說自己叫白木結愛。而學長的全名則是白木求……他們的姓氏都是白木！

「求的父親是我爸……我父親的弟弟。雖然我跟求的年紀沒有差上一輪，但還是有段差距，反正他就像是我的弟弟。求會在我家打工，也是因為他就讀的大學剛好離我家很近。」

「原來是這樣……！」

我忍不住加強語氣這麼說道。

要不是身體因為中暑而感到倦怠，我真想跳起來歡呼。

結愛小姐有著成年人的沉穩氣質，還兼具有點疏於防備的親和力，是一位出色的女性。身材也好到不行。

不過，就算結愛小姐是一位非常出色的女性，也還是學長的血親。

換句話說，他們不可能變成情侶……！

「太好了……」

盤踞在我心頭的鬱悶一口氣煙消雲散。總覺得身體好像也突然舒服多了！

我不由得輕撫胸口，想也沒想就深深地嘆了一口氣。

「嗯～？為什麼妳會有那種反應？」

「咦？」

「嘿～聽說我跟求是堂姊弟之後，妳就露出那麼開心的表情啊？」

「啊……不是這樣的。這是因為……」

結愛小姐像是發現新玩具的孩子一樣，臉上露出愉悅的笑容。

（被、被她發現了……！）

我很快就如此確信。

我也是個女高中生，就跟其他女孩一樣喜歡聊戀愛話題。

而且不是我自吹自擂，自己很容易成為那種話題的主角。不是經常聽別人說：「〇〇同學好像喜歡朱莉喔。」就是有人過來問我：「朱莉，妳真的喜歡〇〇同學嗎？」這種問題。

因為在結愛小姐眼裡閃爍的光芒，就跟其他人聊戀愛話題時的眼神一樣充滿好奇，而且還比過去看著我的那些眼神更加充滿確信，讓我澈底體認到這個事實。

儘管如此，對方畢竟是學長的親人。我不能輕易點頭承認，即便知道這是無謂的抵抗，我還是只能在嘴裡發出不成聲的哀號。

「嘿……想不到這麼可愛的女孩居然會喜歡求！你們該不會已經在交往了吧！」

「什麼！沒那種事！」

「這樣啊……原來你們還沒交往。看樣子妳應該也還沒向他告白吧？」

「嗚……！」

因為我斬釘截鐵地否認她的推測，結果反倒變成承認「我喜歡學長」這件事。

我感覺到自己的臉變得比在外面曬太陽時還要火熱。

「告訴我，求哪裡吸引妳了！果然是長相嗎！雖然這可能是親人濾鏡的影響，但我覺得他長得還不錯喔！」

「才不是因為那樣！不對，那個……他的長相當然也是……很不錯啦。」

「原來如此。長相不是最重要的理由對吧？那他到底哪裡吸引妳了？呵呵呵，跟姊姊從實招來。妳放心，我絕對不會告訴求，也不會害妳的♪」

「嗚嗚……」

結愛小姐臉上的笑意變得更深了。

雖然小璃在我心裡種下的不安種子沒有發芽，卻開出了另一朵超級危險的花。

儘管非常美麗，但只要一不小心就會變成劇毒的這朵花，如今毫不留情地將我逼入絕境。

我已經完全走投無路，無處可逃，只能緊緊握著手裡的寶特瓶。

「謝謝惠顧。」

我深深地低頭目送最後那位年輕女性客人離開後，便拿出寫著「CLOSED」的看板。

因為現在是夏天，天空還有些泛紅，但這間咖啡廳「結」依然在晚餐時間開始前就打烊了。

因此，就算我從午餐時間開始上工，工作時間其實也不算很久，但今天卻讓我覺得前所未有地漫長。

「求，你的笑容有點僵硬喔。」

「嗚……對不起。」

聽到站在咖啡吧檯的店長這麼說，我趕緊低頭道歉。

看到我這個樣子，店長露出傷腦筋的苦笑。

「你不用那麼緊張。反正店已經打烊了，我現在只是你的伯父。」

「好的……可是，我還是必須道歉。我也覺得自己今天的表現有點糟糕。」

「沒關係，總是會有這種時候。要來杯咖啡嗎？」

「啊，好的。麻煩您了。」

店長——英治伯父平常總是要我趕緊收拾東西，但今天卻對我這麼說，並叫我在吧檯旁邊坐下。

雖然他那種沉穩樸實的打扮很有咖啡廳店長的風格，但他其實是個相當開朗和善的人。

伯父泡的咖啡似乎是一流的……我只能用這種說法，是因為自己還不夠成熟，舌頭無法品嘗出咖啡滋味的差別。

「求，你的咖啡要加砂糖和鮮奶對吧？」

「對不起……」

「哈哈哈，我跟你說過很多次了，這不是需要道歉的事情。因為每個人享用咖啡的方式都不一樣嘛。來，請用吧。」

伯父一邊這麼說，一邊把裝在玻璃杯裡的冰咖啡歐蕾擺在我面前。

順帶一提，咖啡歐蕾就是加了溫鮮奶的滴濾式咖啡。比例差不多是一比一。據說歐蕾的「蕾」在法語中是牛奶的意思。

因為要當個咖啡廳的店員，我才會要求自己記住這些知識。明明分不出咖啡滋味的差別，卻擁有半桶水的相關知識，讓我覺得自己這樣空有知識不太像話，但還是比一無所知要來得好多了。

伯父端出來的這杯冰咖啡歐蕾，還特別先加了砂糖。

多虧了鮮奶與砂糖這兩樣東西，讓咖啡的苦味減輕許多，才讓舌頭還不成熟的我也能充分享受。嗯，這杯咖啡又甜又好喝。

「話說回來，我剛才真是嚇到了。你認識那女孩對吧？」

「對，她名叫小朱莉，是我的……」

雖然她是我朋友的妹妹這件事說出來也無所謂，但要是說她住在我家，總覺得會有問題。

這可能會讓伯父為我操心，不，他說不定會直接召開家庭會議……！

「呃……該怎麼說呢……」

為了蒙混過關，我絞盡腦汁努力思考，卻想不到一個好藉口。

重點是我現在……不，是從剛才就一直很擔心小朱莉的狀況，沒有心情思考那種事情。

因為結愛姊說小朱莉流了許多汗，必須有人幫她擦乾，讓女性負責照顧她比較合適，我只好把小朱莉交給她照顧。

儘管我幫忙分擔了結愛姊的工作，但這段期間還是一直在擔心小朱莉的狀況，並且思考她出現在這裡的原因……雖然沒有犯下明顯的錯誤，但細節應該沒有做好。

既然小朱莉會中暑，就代表她肯定在夏天的烈陽底下，以及柏油路的反光之中走了很久的路。

說不定她是出來找我的。我要她獨自留在家裡，或許讓她覺得很不安吧。

仔細想想就知道，獨自待在別人家裡可不是什麼常見的事情。就算我叫她把那裡當成自己的家，她也不可能真的放鬆心情。

而且她在這個城鎮無依無靠。哥哥昴現在人在塞班島——不，是駕訓班的集訓地點，故鄉又在離這裡很遠的地方。

想到自己可能一個不小心，就把對我露出親切笑容，將我當成依靠的小朱莉逼得走投無路……就讓我陷入只有後悔兩個字不足以形容的心情之中。

「難道說……她是你重要的人嗎？」

伯父用溫柔的眼神看著我，問了這個問題。

「重要的人」這種說法，聽起來就像戀人的意思，讓我差點反射性地搖頭否認。

可是，要是我否認，小朱莉就變成「不重要的人」了。

這是更惡劣的謊言。她對我來說不可能不重要。

朋友是因為信任我，才把自己妹妹交給我照顧——但更重要的是她本人也願意信任我。既然如此，我也想回應他們的信任。

所以面對伯父的這個問題，我明確地點了點頭。然後我還要在這個基礎上，澄清我跟小朱莉之間的關係——

「不過伯父……」

「原來如此！年輕真好！」

「不對，我還沒說完——」

「那女孩不會有事的。畢竟有結愛在照顧她。你應該知道結愛的興趣是旅行吧？中暑這種事，她早就習以為常了。」

「呃……雖然是這樣沒錯——」

「不過，想不到求也到了這種年紀……我這個伯父還真是感慨萬千啊。這讓我也想起年輕時遇到結子時的事情了。」

「那個……伯父，拜託你聽我說——」

「沒錯，那已經是好幾十年前的事情了……我們兩人當時還是高中生——」

這個人完全不聽人說話！

伯父完全進入自己的世界，開始講起他跟自己的老婆——也就是結子伯母相戀的經過。

順帶一提，我從四月開始在這裡打工後，已經聽他說五遍這件事了。

我明明連自己父母相戀的經過都不知道，為什麼要被逼著聽伯父與伯母的愛情故事這麼多次啊！

我也不想聽自己父母的愛情故事就是了！

可是，既然伯父開始講這件事，那就停不下來了。他是真的完全停不下來。

如果我有辦法讓他停下來，就不會聽他說上五遍了。

「沒辦法……我就先等他說完，然後再設法解開誤會——」

「小求求～！」

「嗚哇！」

被我掛上「CLOSED」看板的店門突然應聲打開。結愛姊走了進來，而且還緊緊牽著小朱莉的手。

「讓你久等了～！小求最疼愛的小朱莉完全復活囉！」

「呃……是嗎？那就好……嗯……」

「奇怪？你的反應怎麼有點微妙？」

結愛姊狐疑地皺起眉頭。

也許是經過休息後，小朱莉身體狀況好轉了，在結愛姊身後穩穩地站著，臉色也……奇怪？雖然沒有臉色蒼白，但她好像有點臉紅。難不成發燒了嗎？還是被結愛姊做了什麼難為情的事情？

「喂，結愛姊，妳應該沒有對她做什麼奇怪的事情吧？」

「沒禮貌。我怎麼可能對她做奇怪的事情。小朱莉，妳說是嗎？」

「啊哈哈……是啊……」

小朱莉露出無奈的苦笑。當她冷不防地跟我對上視線時，就立刻別過臉去。這、這是為什麼啊？

「說到奇怪的事情……求！小朱莉好不容易才完全康復，你為什麼沒有給她一個擁抱！」

「擁抱？」

突然聽到這個字眼，讓我忍不住又複誦了一遍。

至於小朱莉當然也茫然地睜大眼睛。

「結愛姊，妳在說什麼啊……？」

「我這樣說一點都不奇怪吧？兩個人走向對方、互相擁抱、撫摸臉頰，然後直接接吻！這不是外國電影的常識嗎！」

「現在又不是在演電影。這裡可是現實世界。」

「這不是廢話嗎？不過你就稍微抱抱人家，慶祝她平安無事也不是什麼壞事吧？可是你卻一副不為所動的樣子……小朱莉，妳也覺得很生氣吧？」

「咦？不，那個……我一點都不覺得生氣……」

突然被人點名，讓小朱莉驚訝得直眨眼睛。

看來她們兩個已經混得很熟了——不對，結愛姊是個大剌剌的人，所以也很可能只是她擅自裝熟。畢竟她是個裝熟魔人。

「小朱莉，要是妳對求太好，可是會被他爬到頭上喔。」

「妳不要教她那些有的沒的啦。」

要是喜歡胡說八道的結愛姊跟小朱莉走得太近，我總覺得有些不安。

為了讓小朱莉逃離結愛姊的魔掌，我抓住小朱莉的肩膀把她拉過來。

「啊……」

「小朱莉，妳沒事吧？那傢伙有沒有對妳亂來？」

「喂，我都聽到了喔！」

我無視結愛姊的抗議，筆直看著小朱莉的眼睛。她果然還有些臉紅，輕輕地點了點頭。

「話說回來，你到底有沒有在工作啊？店裡好像還沒收拾好耶。」

「……妳自己看吧。」

我指向依然陶醉地獨自說著自己跟妻子愛情故事的伯父。

「嗚哇……」

結愛姊一瞬間就理解現在的狀況，發自心底感到厭煩地抱怨了一聲。

結愛姊非常討厭聽伯父講起這個話題。

畢竟那對她來說可是自己父母的愛情故事，聽了應該也不會覺得舒服吧。更別說還要宣傳給身邊的人知道了。

「求，不用換衣服了，你直接回去。店裡就留給我來收拾吧。」

結愛姊突然變臉，用勉強壓抑著怒火的平靜語氣對我這麼說道，並把我放在收銀機底下的背包丟了過來。

「你要確實送小朱莉回家喔。就算她恢復精神了，也還是消耗了不少體力，你就揹著她回去吧。反正你們都要回去同一個地方不是嗎？」

「咦……！妳怎麼會知道……」

聽她這種說法，顯然知道小朱莉就住在我家。

我反射性地看向小朱莉，但她尷尬地別開視線。

我就知道是這樣。如果結愛姊想知道這件事，就只有一個方法——讓小朱莉親口告訴她。不，看小朱莉的反應，她應該是被迫招供的。

……看來我得感謝伯父才行。假如結愛姊沒有把目標轉到伯父身上，我們應該還會被她捉弄好一會兒吧。

既然已經搞清楚狀況，那我也沒必要在這種地方久留。

「……那就謝謝妳的好意，先走一步。大家辛苦了。小朱莉，我們走吧。」

「啊，好、好的！」

因為結愛姊很可能繼續糾纏我們，造成不必要的麻煩，於是我匆匆道別後就拉著小朱莉的手走出店裡。

當我拿出看板的時候，夕陽還沒完全下山，但我再次走到外面時，夜色已經完全籠罩四周。

在路燈的照耀下，我牽著小朱莉的手走在路上。

我們離開咖啡廳後還沒走多遠，這段期間也都沒有開口說話，兩人之間瀰漫著莫名尷尬的氛圍。

「那個……小朱莉，結愛姊剛才都告訴我了，妳現在還會覺得不舒服嗎？」

「這個嘛……」

小朱莉略顯慌張地東張西望，握著我的手也稍微加強力道——微微點了點頭。

「這樣啊。」

這種含蓄的回答方式很有她的風格，讓我忍不住露出微笑。

「那麼如果公主殿下不嫌棄，就讓我這匹馬帶妳回家吧。」

「公……！」

「啊……抱歉，如果我說要揹妳回家，聽起來像是把妳當小孩子。」

「或、或許是這樣沒錯！可是我覺得叫我公主殿下，才是真的把我當小孩子！」

「妳說得對……我也是說出口後才發現的。總之……上來吧。」

我放開小朱莉的手，走到她前面蹲下。

她有些緊張地慢慢扶著我的肩膀，然後用雙手抱住我的脖子。

（嗚……！）

我感覺到一個人的體重沉甸甸地壓在背上。

小朱莉很苗條，體重並不重，但也不是真的跟羽毛一樣輕。而且她還有著男人沒有的柔軟與溫暖……不行，我不能用心去感受。

「學長不覺得重嗎……？」

「一、一點都不重喔？」

雖然她並不重，但那種毫不留情地壓在背上的柔軟感觸實在很危險。

可是，要是被小朱莉發現我很在意那種事，應該會失去她的信任吧。

所以我努力假裝不為所動，從容不迫地這麼回答……不，我只是想要假裝從容不迫。其實自己已經破音了。

話說回來，小朱莉為什麼要這麼用力抱著我呢……？

「學長，對不起。」

「咦？」

「我擅自來到你打工的地方。不管怎麼想都是在給你添麻煩……」

「沒那回事喔。就算結愛姊因故離開，我今天也完全應付得來，而且她好像很開心的樣子……我才想問妳，她有沒有冒犯到妳？」

「這個嘛……其實我們只有稍微聊了一下。」

小朱莉露出苦笑。雖然感覺不像完全沒事，但她們也可能聊了難以啟齒的事情，讓我不敢繼續追問。

「妳可能已經聽說了，經營那間店的店長是我伯父，結愛姊則是我的堂姊。」

「啊，對，我聽說了。」

「結愛姊平常都在咖啡廳裡幫忙，只要存夠了錢，就會突然去攝影旅行，是個自由奔放的人呢。」

「攝影旅行？」

「攝影是她的興趣。她肯定是在出去旅行時搞丟了腦袋裡的螺絲，神經才會變得那麼大條。我也經常被她捉弄……」

「……學長，你跟結愛小姐的感情還真好。」

「咦？」

這句話聽起來有點像是在鬧彆扭，讓我忍不住轉頭看向她的臉。

「嗚！」

「啊……！」

我們正好四目相對。而且距離近到幾乎快碰到彼此的鼻尖。

我甚至能在小朱莉眼中看到自己的身影。小朱莉肯定也是如此……

「抱歉！」

「沒關係，該道歉的是我！」

我們立刻別過臉去。雖然剛才只有一瞬間四目相對，感覺卻像過了很久。

我從背後感受到小朱莉猛烈的心跳。也許是因為緊張，小朱莉使勁抱著我，讓那種感覺變得更加清楚。

我現在說不定也臉紅了。如果真的是這樣，就算現在是晚上，小朱莉應該還是會發現吧。

「呃……我跟結愛姊的感情很好？為什麼妳會這麼認為？」

「那是因為……我看到你對她說話很不客氣。」

「只要說話不客氣，就能代表感情很好嗎……？」

「你跟我哥不就是這樣嗎？你們相處時毫無顧慮，而且無拘無束，可以展現出真實的自己。」

可能我面對結愛姊或昴的時候，真的不會顧慮太多吧。畢竟我們都很了解彼此，也早就不需要顧慮什麼了。

「學長對我就很溫柔，說話也很客氣……你總是非常為我著想，只要我像這樣撒嬌一下，你也願意揹我。」

小朱莉不斷壓低語調，彷彿心情也愈來愈低落。

同時還彷彿喪失自信一樣，逐漸放鬆抱住我的手。

「雖然你答應讓我住在你家，但心裡也可能覺得我很礙事……我擔心學長在打工的地方有非常親密的對象，不知道自己是不是妨礙到你們了……」

說到最後，她幾乎快要哭出來了。

「所以妳就來確認了嗎？」

小朱莉的身體抖了一下。可是她只有做出這種反應，沒有回答我的問題。

儘管這可能不是唯一的原因，但如果她是因為對我感到愧疚，才會遲遲沒有進到店裡，一直在這種大熱天躲在窗外偷看的話——

「小朱莉，對不起。」

「學長……？」

「看來我有許多事需要向妳道歉。首先，我要為背對著妳道歉這件事道歉。」

其實我原本是想面對著小朱莉說話，但她應該也不想讓我看到哭泣的樣子吧。

我們沒有面對彼此，卻近得足以感受到對方的體溫——我覺得有些話就是適合在這種情況下說出來。

「我還得為害妳誤會這件事道歉。因為我做了許多蠢事，才會害妳感到難過。」

「別這麼說，這又不是學長的錯。」

「不，一切都是我不好。因為我也喜歡妳。」

小朱莉倒抽了一口氣。

實際說出「喜歡」這兩個字，讓我感到莫名地難為情。

可是一旦實際說出口，我的心裡又不會覺得抗拒。畢竟本來就不會有人願意跟不喜歡的傢伙住在同一個屋簷下。

儘管是因為對方主動過來，我們才會展開這種同居生活——而且也只過了短短幾天，卻是一段獨居生活無法享受到的充實日子。

「雖然說喜歡妳，但我還不是很了解妳。我到了今天才澈底體認到這件事呢。我想得實在太不周到了。」

「學長……」

「我可以稍微講講過去的事情嗎？那是我還在讀小學時發生的事。」

「學長還在讀小學時發生的……」

「嗯，我記得是在小學高年級的夏天……我其實已經忘得差不多了。」

即使我興奮地說要講過去的事情，記得的事卻不是很多。

那是我參加兒童夏令營時發生的事情。

對我來說，參加夏令營就只是換個地方玩耍罷了。因為小學裡的很多朋友都預定要參加，讓這個活動沒有太多的新鮮感，儘管心裡還算期待，我卻不期待能遇到什麼驚喜。

可是，我在夏令營的當天遇到了一位少女。

我第一次見到那個女孩，所以很快就發現她是其他小學的學生。她獨自坐在遊覽車裡，略顯不安地低頭不語。

「我覺得自己必須為她做點什麼。」

「為她做點什麼……嗎？」

「嗯。我隱約有這種感覺。雖然夏令營只有兩天一夜，但如果放著那女孩不管，這兩天很可能會變成她最糟糕的回憶。所以，我鼓起勇氣向她搭話了。」

「勇氣……」

「我並不是那種怕生的人。不過，直到搭上那輛遊覽車之前，我還是都跟平常那些朋友一起玩，完全無法想像自己和不認識的某人變成朋友的樣子。」

我很了解平常那些朋友。

我知道他們喜歡聊什麼話題，也知道他們喜歡玩什麼遊戲。

我知道說什麼話會惹他們生氣，也知道他們討厭什麼東西。

我還知道他們喜歡的食物與顏色，以及喜歡看的電視節目。

可是，我完全不了解那個獨自坐在遊覽車裡的女孩。

我是男生，她是女生，就算我去跟她說話，說不定也無法打動她的心。

——我不知道該如何向她搭訕，也不知道該怎麼跟她打好關係。

自己不斷想著這種想不出答案的問題。

而且愈想愈不安，滿腦子都是不好的想法。

「我當時也還只是個小鬼頭。畢竟當時還是小學生，這也是沒辦法的事。我煩惱了很久，最後直接硬著頭皮上了。」

「既然滿腦子都是不好的想法，難道你不害怕嗎？」

「當然害怕啊。可是我豁出去了。因為當時比較無知……覺得自己非去不可。」

「為什麼你非去不可……」

「因為我知道那女孩非常孤單。就算我對她視而不見，去跟自己的朋友玩，肯定也會想起那個孤單的女孩。」

如果真的丟下她不管，我就無法保持平常心了。

所以就算會被對方狠狠拒絕，我也只能放手一搏。

「結果她是個非常乖巧的女孩，我們很快就變成了朋友。而且還碰巧被分到同一個小組呢。」

我記得當時是依照報名時拿到的手環顏色來分組，因為我跟她的手環顏色相同，自己就立刻過去找她說話。

假如沒有這個巧合，我就完全無計可施了……這真是幫了大忙。

「結果那次夏令營就是我們兩人第一次也是最後一次見面……畢竟當時沒有手機這種東西，我們後來再也不曾相遇，現在連對方的名字都想不起來……不過，我還記得那次夏令營我玩得比平常開心多了。」

突然聽到我說這些話，小朱莉應該只會覺得莫名其妙吧。

可是，她聽得很專心。那種真摯讓我非常開心。

「做一件從未做過的事情需要相當大的勇氣，因為那會令人感到畏懼。老實說，當妳來到我家的時候，我也覺得一頭霧水，心裡有些害怕。」

「啊哈哈……我想也是呢。」

「不過，那種『畏懼』很快就被我拋到腦後了。因為愈是了解妳，就愈覺得妳是個好女孩，也能理解昴為何會那麼引以為豪。妳為我做的飯菜都很美味，閒聊的內容也讓我很開心……雖然我現在還是搞不懂讓自己妹妹來當抵押品是什麼道理，對妳也還不是十分了解呢。」

倘若我們今後還要一起生活好幾天，今天這樣的誤會肯定還會發生吧。

我可能每次都會做錯事並為此感到後悔，也讓小朱莉傷心難過。誰都無法斷言那種事絕對不會發生。

「不過，我現在只覺得很期待。不管是慢慢了解妳的過程，還是跟妳一起生活的過程，都讓我非常期待。」

「學長……」

「當然，如果要一起生活，我也希望讓妳慢慢了解我。雖然不敢很有自信地說自己是個有趣的人就是了。」

「我、我覺得學長是很棒的人！」

「啊哈哈，妳說得這麼直接，還真是教人難為情呢。」

我差點就忍不住想搔搔臉頰，但自己現在揹著小朱莉沒辦法做到這件事，只能用笑聲來掩飾自己的害羞。

「我今天犯下的過錯，就是沒有告訴妳打工的地點，就把妳一個人留在家裡讓妳感到不安。而妳今天犯下的過錯，就是明明心裡很在意，卻因為客氣而不敢問我，還有沒做好防範中暑的準備就長時間外出……大概就是這些了吧？」

「嗚……對不——」

「停，別說了。我們雙方都道歉過許多次了。道歉的話說得愈多，就會變得愈沒價值……而且也是因為我們都有犯錯，才有機會像這樣談心。」

我微笑著這麼說道。雖然只要小朱莉沒有探頭看過來就無法看見我現在的表情，但這份心意肯定傳達到了。

「小朱莉，也許就跟妳說的一樣，昂跟結愛姊比較能讓我敞開心扉。可是，我對待昂的態度，也不見得與對待結愛姊的態度完全一樣。我對待妳的態度也是如此。雖然不知道還有多久，但如果妳今後還會跟我一起生活，我肯定還會犯下許多過錯，在這個過程中慢慢了解妳這個人，逐漸塑造出『跟妳在一起時的我』。」

「跟我在一起時的學長……」

小朱莉把臉埋進我的肩膀，小聲說出這句話。

她環抱著我的雙手正微微顫抖——呼吸聲也讓我發現她正在哭泣。

我不發一語慢慢前進，讓她就這樣宣洩自己的情感。

「……學長。」

「嗯？什麼事？」

「我是這麼想的。那個被你搭訕的孤單女孩，肯定很感激你。」

「咦？」

我還以為她要說自己的事情，想不到居然是對我過去那件事的感想。

這讓我感到有些驚訝——但還是能隱約明白她想告訴我的事……

「這個嘛……希望如此。因為我也很感謝她。」

如果我那一天沒遇見她，或是沒有鼓起勇氣向她搭訕……

即便這種假設毫無意義，但肯定是多虧有那一天發生的事情，我才能稍微了解小朱莉的事情，也讓她稍微了解我一些。

「我我想要更了解學長，也希望你能了解我。就算只能慢慢來……總有一天要讓你了解我的一切，連同我不敢讓你知道的事情也是。」

「嗯，我也這麼希望。」

我沒有出於惡意對小朱莉隱瞞任何事情，我想小朱莉肯定也是如此。

就算她真的有所隱瞞，也就只有「她為何要為了區區五百圓的債務來當抵押品」這件事。

老實說，我非常在意她這麼做的原因，但我現在也已經無意逼她說出實話。

我們沒必要重新敞開心胸交談。因為在相處的過程中慢慢了解彼此要來得有趣多了，讓我想到就很期待。

「太好了，學長果然就跟我想的一樣，所以我才——」

「我才怎麼樣？」

「呵呵……這是祕密！」

小朱莉使勁抱住我的身體，把自己的身體整個靠上來，發出開朗的笑聲。

她現在的臉上肯定掛著只屬於她自己，而且充滿魅力的笑容。

雖然我有種想要看看那種笑容的衝動……但現在還是算了吧。

因為我沒必要心急，只要能慢慢了解她就夠了。

第7話 關於我就這樣跟朋友的妹妹一起生活這件事

隔天，我們再次來到咖啡廳「結」。

「大家午安！」

「小朱莉，歡迎光臨！天啊，妳今天也好可愛！可以讓我用臉頰磨蹭一下嗎！」

「結愛姊，請不要對客人做出過度的親密接觸。」

因為結愛姊真的打算過去抱住小朱莉，我只好抓住她的肩膀阻止。

雖然她幼稚地耍起脾氣，但我沒有理會。因為我今天有個必須實現的約定。

「歡迎光臨。請問只有一位客人是嗎？」

「對！」

「我明白了。請往這邊走。」

時間剛過下午兩點，小朱莉正好在店裡沒有客人時造訪，我便前去幫她帶位。

我遵照她的要求展現出平時未曾有過的紳士態度……這讓我有些難為情就是了。

昨天回到家裡，我跟小朱莉討論了當我必須去打工時到底該怎麼安置她。

她原本說自己也想到店裡打工，但現在的三名員工已經很夠了。要是僱用更多員工，只會縮短這間店的壽命。

不過，如果讓小朱莉在家裡等我，我們之前說過的話就會變得毫無意義。

所以我提出一個替代方案——當我有排班的時候，假如小朱莉不想一個人待在家裡，就讓她在午餐時間結束的兩點鐘左右，以客人的身分來到店裡。

我基本上一週大約排三到四天班，從上午十點開店一直做到晚上七點打烊為止。

因為小朱莉不會整天待在店裡，她的餐飲費也會從我的工資裡扣掉，對店裡造成的負擔不至於太重。

雖然從我的工資裡扣掉餐飲費這件事，讓我跟小朱莉起了點爭執，但最後我們透過猜拳做出決定。最後的贏家當然是我。

因為在午餐時間結束之前，小朱莉會在家裡幫我做家事，由我來幫她付錢也是理所當然的事。

事情就是這樣，我讓雙眼閃閃發亮的小朱莉坐下，還向她低頭行禮後，就走向咖啡吧檯。

「店長，麻煩給我昨天說過的東西。」

「……（點頭）」

伯父完全進入店長模式，神情嚴肅地點了點頭。

關於小朱莉要以客人的身分來店裡這件事，我當然早就取得伯父與結愛姊，還有身為普通上班族，每天都努力工作的伯母的同意。

幸好小朱莉昨天已經把「她住在我家跟我同居」這件事告訴結愛姊。

雖然我完全不曉得結愛姊到底是怎麼加油添醋，伯父他們才會認為讓小朱莉住在我家沒有問題，但他們最後做出了讓小朱莉來店裡，比起讓她獨自待在我家還要好這個結論。

而且我已經說過小朱莉愛吃甜食，甚至連麥茶也要加砂糖這件事了。

店長還為小朱莉準備了特調的咖啡歐蕾，甜度比我平常喝的咖啡歐蕾還要高。

「話說，上面怎麼還加了鮮奶油啊……！」

「……（比讚）」

這麼明顯的特殊待遇讓我忍不住吐槽，但店長還是保持著嚴肅的表情，只對我豎起拇指。

嗚哇……店長居然這麼快就被收買了嗎？美少女真是太可怕了。

儘管我有點被嚇到，但這也不是什麼壞事，反倒是件好事，所以我並不排斥。

我把專為小朱莉準備的特調咖啡歐蕾擺在餐盤上，端到她的座位。

「讓妳久等了。這是妳的冰咖啡歐蕾。」

「哇……上面加了鮮奶油耶！」

她一整個開心到不行！

我很自然地轉身對著店長豎起拇指。

原本一臉嚴肅的店長也笑了出來，對我做出同樣的手勢。

看來那位大叔已經完全被年輕女孩迷倒了。

「我要開動了！」

小朱莉雙眼閃亮地用吸管插進鮮奶油，喝下為她準備的特調咖啡歐蕾。

「唔！這杯咖啡超級好喝！甜到心裡！而且又香又醇！」

當小朱莉說出這樣的讚美，便聽到咖啡吧檯那邊傳來打響指的聲音。伯父啊……

「我聽說妳喜歡吃甜食，特地調整了口味，不知道妳是否喜歡？」

「是的，我非常喜歡！」

「這個算是我特別招待的喲！」

剛才一直異常安靜的結愛姊突然插嘴。

然後把看起來超鬆軟的戚風蛋糕擺在桌上。

「呵呵呵，這可是我特製的現烤戚風蛋糕！我平常都會先把蛋糕烤好備用，今天是特地把出爐的時間調整到現在！」

「結愛姊，我還在想妳今天怎麼特別安靜，原來是這麼回事啊……」

「當然是因為我剛才忙著為小朱莉準備蛋糕啊。來，快點吃看看吧！」

「可是……我真的可以收下這個禮物嗎？」

「當然可以！」

結愛姊猛然豎起拇指，臉上露出爽朗的笑容。

我已經懶得吐槽了。只要小朱莉開心就好。

「那我就不客氣了……！啊唔……嗯～！」

小朱莉用叉子把戚風蛋糕切下一小塊放進嘴裡，身體因為歡喜而顫抖。

「這蛋糕好甜好——好吃喔！」

「啊……」

面對小朱莉眼裡閃爍的光芒，結愛姊像是斷線的人偶般癱坐在地上。

「我誕生在這個世界，原來就是為了這一天……」

「結愛姊，妳這樣好髒。」

「求！你不要潑我冷水啦！我當然會去換乾淨的衣服！」

雖然結愛姊因為太過感動而弄髒制服，犯下服務業的禁忌，但她去換衣服的背影看起來十分幸福。

畢竟她現在可是邊走邊跳舞。

「抱歉，小朱莉。因為他們昨天對我說機會難得，想好好招待妳一下，我就答應他們了，沒想到他們會出這些怪招。」

「別這麼說！我現在覺得非常幸福！咖啡歐蕾跟蛋糕都超級美味！」

「那就好。」

「可是，我覺得是因為學長特地招待我，自己才能懷著這麼幸福的心情品嘗這些美食。這讓我覺得自己好像在作夢一樣……」

「小朱莉，妳真的很會說話呢。」

老實說，我不知道自己這次到底有何貢獻。畢竟我只負責帶小朱莉入座，還有把咖啡歐蕾端上桌而已。

功勞顯然都被伯父與堂姊搶走了……但我覺得這樣也無所謂。讓小朱莉感到開心才是最重要的事情。

「這樣我好像也能用功讀書了。」

「那就好，要是妳有什麼需要儘管叫我，不用客氣喔。」

小朱莉說從現在開始直到打烊，她都要做好考生的本分努力讀書。

雖然我這個讓她幫忙做家事，增加她負擔的人沒資格說這種話，但我很慶幸她能順利確保讀書的時間，心裡也鬆了口氣。

即使她現在優秀得無可挑剔，但要是她在暑假結束後成績大幅退步，事情可就嚴重了呢……

「對了，學長，這份戚風蛋糕的錢該怎麼算？」

「這個嘛……就算在我頭上吧。」

「可是……」

「沒什麼好可是的。我們已經猜拳決定了不是嗎？而且也沒規定只能請妳喝咖啡歐蕾。」

因為那杯咖啡歐蕾是店長特調，可能需要另外加錢，不過……要加錢就加錢吧。

「話說回來，我們決定把妳在這裡的花費全都記在昴的帳上，是因為感覺很有趣呢。不管是咖啡歐蕾還是戚風蛋糕，每當妳來到這間店裡消費，那傢伙的負債就會不斷增加……呵呵呵，真想看看他知道這件事之後的反應。」

「哈哈，如果事情真的變成那樣，我能跟學長在一起的時間就會變得更多了！」

聽到我這樣開玩笑，小朱莉也很配合地露出了燦爛的笑容。

那個笑容充滿魅力，讓我想永遠看下去——但總不能一直盯著她看。

畢竟這會讓她覺得莫名其妙，而且現在還是打工時間。

「那我也差不多該回去工作了。」

「好的，謝謝學長的招待！」

小朱莉先放下手中的叉子後，才把雙手擺在大腿上，鄭重地低頭行禮。這實在很像她的作風。

「那個，學長……」

「什麼事？」

「呃……就是……請你加油！」

「嗯，謝謝妳，小朱莉。」

小朱莉的臉跟蘋果一樣完全紅透，還對我微微一笑。

看著小朱莉再次把結愛姊特製的戚風蛋糕放進嘴裡後，為了不讓她看到我這個店員丟臉的樣子，我也重新打起精神開始工作。

◇◇◇

「讓你久等了～！」

「喔喔……！」

當天晚上，小朱莉為我做的晚餐是蛋包飯。

雞肉炒飯當然是她親手做的，擺在上面的蛋皮也散發著光芒，而且好像連淋在上面的法式多蜜醬都是自製的。

總之，這道蛋包飯看起來就像是專賣店裡的商品……！真虧她有辦法在獨居男子的寒酸廚房做出這種等級的料理。

「嘿嘿嘿，我稍微努力過頭了呢。」

小朱莉笑著說出這句話，隔著矮桌在我的對面屈膝跪坐。

「昨天看到學長努力工作的樣子，讓我整晚都在思考自己是否也能為你做些什麼。因為我在去咖啡廳的路上找到一間『小巧超市』，就在上午去買了些食材……」

「小巧超市？」

「那是一間連鎖超市。不過，這品牌的超市店面比普通超市還要小……簡單來說就是都市型的小型超市呢。」

「啊……經妳這麼一說，我才想到最近好像有這樣的超市開幕……」

我記得是在一個多月前開幕的。我當然不曾進去消費，平常都只有從外面經過，不過……感覺小朱莉已經比我還要熟悉這個城鎮了。

「但是，妳明明有幫我做家事了，還要出去買東西不是很辛苦嗎？」

「一點都不辛苦喔！只要照著採購計畫進行，很快就能搞定。我甚至還有時間準備這些醬料。」

「這樣啊……妳好厲害……」

「嘿嘿嘿，才沒有那種事呢。」

小朱莉害羞地微微一笑。雖然她很謙虛，但這件事應該沒那麼容易吧。

至少我就辦不到。甚至不曉得這是多麼費事的事情。

可是，我知道小朱莉是個什麼樣的女孩。

她肯定是拚命做了許多準備。她很聰明，但太過老實了。

這幾天已經讓我徹底明白她不是那種會敷衍了事的女孩。

「我最喜歡吃蛋包飯。所以練習了許多次……對自己的手藝也有點信心。」

「這樣啊……」

「其實我原本是打算在更重要的關鍵時刻拿出這張王牌，但學長昨天說想要更了解我，所以……」

小朱莉的臉頰微微泛紅，露出了羞怯的微笑，那副模樣看起來非常可愛……讓我也跟著莫名地害羞起來。

仔細想想，小朱莉一直都是這樣。

明明直到不久前，她還只是我朋友的妹妹，但自從她為了當抵押品來到這裡跟我一起生活後……她在我心目中的地位就變得愈發重要。

如果我變得更了解她，我們的關係又會變得如何……老實說，我完全無法想像。

雖然我並非感到畏懼……但還是第一次有這種感覺。這可能類似於緊張吧。

「學長。」

「什、什麼事？」

「我會更加努力。為了讓你變得更欣賞我，把我當成更特別的人，我一定……

不，我絕對要做出比這道蛋包飯更有信心——而且能讓你中意的料理！」

小朱莉羞紅著臉，用有些快的速度說出這樣的宣言，看起來十分耀眼。然後——

「我、我只是隨口說說而已！料理都要冷掉了！我們快點開動吧！」

「嗯、嗯。」

然後在小朱莉的帶領下，我們一起雙手合十。

「「我要開動了。」」

就這樣，我們開始享用小朱莉使出渾身解數的蛋包飯，可是……

（這是怎麼回事？總覺得心裡很不平靜。）

蛋包飯很好吃，可說是人間美味。不管要我吃多少，好像都吃得下。

可是，自從聽到小朱莉剛才的宣言後，我心中突然湧出一種奇妙的感覺。

心臟不知為何跳得很快，身體也微微發燙。

這絕對不是負面的感情。這種感情既像是開心又像是難為情，但又有些不一樣。

於是儘管面對這頓美味的飯菜，我的視線還是不由得緊盯著坐在對面的小朱莉。

因為是最愛吃的料理，小朱莉一臉幸福地享用蛋包飯，並露出毫無防備的笑容。

（總覺得我為了這種奇怪的事情煩惱，簡直像個笨蛋一樣呢。）

我不知道這種感情叫做什麼，也不知道該如何壓抑。

就算是這樣，這也不是什麼需要感到焦急的事情。

雖然不曉得還有多久，但在未來的這幾天裡我都得跟小朱莉一起生活，也應該會慢慢理解這種感情到底是什麼。

我隱約有種感覺。在這些日子裡，以及慢慢理解小朱莉的過程中，我現在懷有的這種感情也會變得愈發強烈，而且愈發明確吧。

即使不曉得這種感情到底是什麼，也不知道我們兩人的關係會變得如何，但我現在非常期待看到結果。

「學長，你覺得味道如何……？這道蛋包飯合你的口味嗎？」

「……嗯，非常好吃。八成是我這輩子吃過最好吃的蛋包飯。」

我笑著點了點頭後，小朱莉便露出比剛才還要幸福的笑容。

儘管我跟小朱莉還處於不用「感謝」與「不安」這些詞彙就無法形容，令人感到心急難耐的關係，但我卻不可思議地感到很自在。

因此，我不由得如此想著，這種哥哥的朋友與朋友的抵押品之間的奇妙關係，我現在還想要再多享受一下。

我最喜歡夏天了。

不管是悶熱的氣溫還是蟬鳴聲，或是不知道來自何方的風鈴聲，我都喜歡。

我也喜歡透心涼的刨冰還有岸邊的海潮味，以及祭典的樂聲。

只要感受到夏天的氣息，胸口就會湧上一股暖流。

不過，我並不是原本就這麼喜歡夏天。

我初次喜歡上夏天，還是小學四年級的事。

當時，我在學校裡遭到霸凌。

比起真正的霸凌，那種程度的小事肯定不算什麼吧。

因為我並沒有被人毆打，東西也沒有被偷走，只是被同班同學當成空氣。

可是對當時的我來說，那種事情真的很難受。

以前會跟我聊天的朋友們都變得不理不睬，讓我在學校裡經常一整天都沒說過半句話，甚至不確定自己是否真的存在。

然而因為哭泣只會讓自己顯得更悲慘，所以我總是強忍著悲傷，回到自己房間後才把臉埋進枕頭一個人偷偷哭泣。

要是被哥哥發現，他肯定會把事情鬧大。

自己現在還只是被人當成空氣，一旦事情被哥哥鬧大，我很有可能遭到更惡劣的對待。

因此讓我無法跟家人商量這件事——

不過，我想爸爸和媽媽肯定有發現。

「朱莉，妳要不要參加夏令營？」

學校剛放暑假的某一天，爸爸突然向我如此提議。

「夏令營……？」

「是啊，很多小學生都會去那裡一起玩耍，還會自己煮咖啡飯來吃，也會圍著營火跳舞喔。」

「哇！聽起來很好玩耶！」

聽完爸爸的說明後，跟我一起聽他說話的哥哥搶先做出反應。

也許是對哥哥的反應感到開心，爸爸告訴我們很多關於夏令營的事情。

聽他說了那麼多，最吸引我的地方卻是那個夏令營活動是由鄰鎮主辦這點。

我想爸爸應該是發現我跟學校裡的同學處得不好，想讓我有機會和同年紀的小朋友一起玩，才會告訴我們這件事。

雖然沒半個熟人這點讓我有些不安，但反正還有哥哥在，而且我當時又非常渴望朋友。

只要想到我那支幾乎變成擺飾品的兒童手機的通訊錄裡，可以填進家人以外的某人的名字，就覺得有些興奮。

◆◆◆

哥哥感冒了——而且還是在夏令營當天！

「咳咳！我親愛的妹妹啊……！抱歉，妳就連我的份一起去玩個過癮……唔！我還是去參加吧！」

「不行喔。哥哥已經發燒到三十八度了，要乖乖躺著休息。」

「不要啊！我想要參加！」

看著哥哥被媽媽抱回房間的樣子，我突然覺得心情很差。

因為如果哥哥沒辦法一起去，我在那邊就真的是孤伶伶一個人了。

爸爸也只會開車送我到集合地點，不會跟我一起參加夏令營。

「爸爸，我也不想去了……」

「朱莉，昴不是拜託妳連他的份一起去玩個過癮嗎？」

「是這樣沒錯啦……」

「而且……小朱莉，要是讓昴知道這件事，他只會覺得更懊悔，但我必須告訴妳一個祕密。」

爸爸蹲了下來，把嘴巴靠向我的耳邊。

「其實爸爸媽媽當初會變成好朋友，就是因為在你們這個年紀參加了夏令營。」

「真的嗎！」

「哈哈哈，是真的。我們以前明明沒說過幾次話，卻剛好被分到同一個小組，然後就……啊，這件事還是下次有機會再慢慢告訴妳吧。要是我擅自說出這件事被妳媽發現，她肯定會發飆。」

爸爸露出苦笑，同時伸出了小指頭。

我也同樣伸出手，用小指頭跟爸爸打勾勾。

「我告訴妳這件事，是我們兩人的祕密喔。」

「嗯！」

我想像著爸爸和媽媽這對鴛鴦夫妻平常相處的樣子，嘴角忍不住上揚。

集合地點是鄰鎮的小學，我們好像要搭乘遊覽車前往營地。

除了我之外，其他小朋友好像都是朋友，讓我因為爸爸剛才說過的祕密而感受到的悸動，很快就深藏在心中了。

我低頭握緊背包的肩帶，默默地獨自搭上遊覽車。

遊覽車裡的座位都能隨便坐。大家肯定都會跟自己的朋友坐在一起，直到最後的最後才會有人坐在我旁邊吧。

這讓我想起自己在小學裡受到的對待，有種想哭的衝動。就在這時——

「妳好。」

「……咦？」

突然有人溫柔地拍了拍我的肩膀。

我很自然地抬起頭來，看到一位面帶笑容的男生站在眼前。

「這裡還沒人坐嗎？」

「嗯……嗯。」

「太好了。那我可以坐在這裡嗎？」

儘管心裡覺得一頭霧水，我還是點了點頭。

我當然不認識這個男生。不過我覺得他是一個有點……不，是相當帥氣的男生。

「Akari（朱莉）。」

「咦？你怎麼知道我的名字……？」

「哈哈，因為妳的名牌上有寫啊。」

我頓時感到臉頰發燙。

是我親手把名字寫在報名時拿到的名牌上。而且還是因為爸爸說：「其他孩子可能不知道朱莉這個名字要怎麼唸。」我才會寫上自己名字的拼音。

忘記這件事讓我覺得很難為情，也覺得有些不甘心，於是看向那個男生的名牌。

「……Kyuu（求）？」

「哇，妳竟然看得懂。真是厲害！」

「當、當然看得懂！畢竟我已經讀四年級了！」

聽到那種像是在捉弄人的說法，讓我臉頰發燙如此反駁。

寫在他名牌上的那個名字，正好是我才剛學到的漢字。

因此才讓我更加印象深刻。

「不過很可惜。妳搞錯唸法了。」

他露出牙齒笑了出來，用手指著自己的名字。

「Motomu（求）。」

「咦？」

「這個字寫作『求』，但應該唸成『Motomu』才對。這就是我的名字——啊，早知道我也寫平假名就好了。」

「求（Motomu）同學。」

我像是反覆咀嚼般唸出那個名字，然後發現了一件事。

——我正在跟別人聊天。

我真的很久不曾與家人之外的人聊天了，而且對方大概還是跟我同年紀的孩子。

這種稀鬆平常的小事，卻讓我覺得非常開心……

「嗚嗚……」

「咦！妳、妳怎麼哭了！」

「啊，求把女生弄哭了！」

「我沒有……不、不對，我可能真的弄哭她了，但我不是故意的！」

有幾個看起來像是他朋友的孩子正在責備求同學。

這明明不是他的過錯，甚至該說是他的功勞，我還是無法停止流下開心的淚水。

「對不起……因為我一直都是孤單一人，所以……」

「這樣啊……看來我選擇坐在這裡是正確的呢。」

「咦……？」

「因為這樣我就是朱莉在這裡交到的第一個朋友了！不是嗎？」

求同學笑著說出這句話，還像是要安慰我般摸摸我的頭。

他的手和笑容都非常溫暖，讓我在不知不覺中也跟著笑了。

我就這樣開始跟求同學他們聊天，還一起玩撲克牌，做著這些朋友之間會做的事情，度過待在遊覽車上的時間。

「求同學，你為什麼要來找我說話呢？」

「那還用說……」

「當然是想把妹啊。」

「畢竟小朱莉長得很可愛嘛。」

「可、可愛……！」

「根本沒那回事好嗎？」

求同學傻眼地嘆了口氣。

儘管我明白他是想說「我不是想把妹」，卻有種別人稱讚我可愛這件事遭到否定的感覺，心裡有些無法釋懷。

「是因為這個啦。」

求同學沒有注意到我的心情變化，伸手抓住我的手腕。

雖然說他抓住了，但動作並不粗暴，反倒非常溫柔……讓我不由得愣住。

「我們都戴著同樣的綠色手環不是嗎？我們是同一組的成員。」

求同學亮出自己的手環，還把手腕伸到我的手環旁邊。

他同時露出的笑容十分耀眼，讓我感覺自己的臉頰又開始發燙了。

「既然大家被分到同一個小組，當然要好好相處啊！」

「對了小朱莉，我還是第一次見到妳。妳是其他小學的學生嗎？」

「嗯、嗯。」

「我就知道！因為妳長得很可愛，如果以前曾經見過妳，我絕對不可能忘記！」

「說、說什麼可愛……」

除了家人之外，從來不曾有人對我說過這種話。

可是我不知為何很在意求同學聽到這句話的反應，而不是他那個說出這句話的朋友有何反應。

「求也覺得小朱莉很可愛對吧？」

「這個嘛……」

求同學看了過來。

因為距離比我想像中的還要近，我還能看到自己映照在他眼睛裡的身影……

「我也這麼覺得。」

「〜〜〜唔！」

我忍不住雙手掩面縮起身體。

雖然我聽到求同學的朋友們都在責備他，說他又弄哭女生了，而且求同學也慌張地問我發生了什麼事，但自己還是無法抬起頭。

因為我現在的表情實在無法見人。

臉頰燙得像是快要融化，感覺十分難受。
心臟也激烈地跳動，發出巨大的聲響。
某種過去從未感受到的奇妙情感湧上心頭。

那是我還不曾體驗過的感情。

雖然這種說法沒什麼創意，但求同學是個人緣很好的人。
他有很多朋友，不管是不是同個小組的成員，都有許多人會過來找他說話，跟我完全相反。
「啊——我快累死了！」
我們在草皮上鋪了張墊子，求同學在我旁邊坐下並一臉滿足地呼了口氣。
自從抵達營地後，我們一直在附近的河邊從事體育活動，現在正在吃從家裡帶過來的便當。

求同學拿出一個黑色便當盒，而且上面沒有過多的裝飾，看起來很成熟。

相較之下，我的便當盒上畫著自己喜歡的卡通人物，看起來很幼稚。

（我們明明只差一歲啊……）

一個讀四年級，一個讀五年級，我們之間的差別明明只有這樣，但我還是個孩子，而求同學已經是個大人了……我很討厭這樣的差別。

「朱莉，妳的便當盒好棒喔。」

「咦？」

「我的便當盒是爸爸淘汰的。要是便當盒上有我喜歡的卡通人物，一定會覺得很開心的。」

求同學彷彿看穿了我的想法，對我露出苦笑。

「哇——裡面的菜色看起來也很好吃耶！」

「你、你的便當看起來也很好吃啊。」

「會嗎？那我要把妳的感想告訴我媽！」

原來如此，因為便當是他媽媽做的，我說便當看起來很好吃就是在稱讚他媽媽。

那我也要告訴媽媽，說求同學覺得她做的便當看起來很好吃。

如果便當是我做的……我不由得開始幻想這樣的事情。

「那我們開動吧。我要開動了！」

「我、我開動了。」

在營地基本上都是整個小組一起行動。

我們的小組當然還有其他成員，但求同學總是跟我在一起。

我覺得這肯定是因為他知道我想跟他在一起。雖然覺得有點害羞，但這比任何事都要令自己感到開心。

「啊……」

也許是因為我玩了很久也喝了很多水，我帶來的水壺不知不覺變得空空如也。

看到這樣的我，求同學輕輕一笑。

「妳要喝嗎？」

他立刻把自己的水壺遞了過來。

那是個很有男生風格的大水壺，我反射性地伸手接下後，立刻就能感受到裡面那些水的重量，可是……！

「請……請問這個要怎麼喝？」

「嗯？直接用嘴巴對著喝就行啦。」

沒錯——求的水壺不是那種可以把蓋子當成杯子的水壺，而是直接用嘴巴對著喝的那種！

我知道男生都喜歡用這種水壺，可是……！

「啊哈哈，這可不是我爸用過的水壺喔。」

我定睛盯著……不，是瞪著那個水壺看，讓求同學難為情地搔了搔頭。不對，那不是我在乎的事情。

可是我現在口渴了，而且無法壓抑另一股從體內湧出的渴望，於是我把還有些濕潤的水壺瓶口放到嘴邊。

「咦！好甜喔……！」

雖然香味跟我家平常喝的麥茶差不多，但是味道有點甜，喝起來非常棒。

「好喝嗎？」

「嗯，我覺得超級好喝……這是麥茶嗎？」

「對啊。不過，這可不是普通的麥茶。」

「咦？」

「裡面還加了砂糖喔。」

「砂糖？」

「是啊，跟麥茶很配對吧？我身邊的人最近很流行這種喝法。」

說完這句話後，求同學把我還給他的水壺拿到嘴邊。水壺的瓶口剛才還緊貼著我的嘴巴。

我現在心裡小鹿亂撞，同時緊張得臉頰發燙，所以求同學肯定也……不，他應該沒把間接接吻這種事放在心上吧。

「啊！妳的炸雞看起來好像很好吃！可以跟我交換嗎？」

看到求同學立刻轉到下一個話題，讓我覺得他有點孩子氣。

可是，他的這種地方給我一種有別於帥氣的可愛感覺，依然令我心跳加速。

只要跟求同學在一起，我的心就會一直撲通亂跳。

吃完便當後，我們做了一點團康活動，之後大家一起煮咖哩來吃，還圍著營火玩遊戲……後來還參加了試膽大會……

雖然試膽大會有點可怕，但我玩得非常開心。

我們這個小組都是好人，他們對我這個完全不認識的人也很和善……這讓我變得不敢回到自己原本的學校。

「小朱莉，我問妳喔。」

「小彩，妳想問什麼？」

試膽大會結束後的最後活動，就是大家一起進入搭在營地裡的帳篷睡覺。

當然，男生和女生分開睡。

小彩是我今天在同個小組裡交到的其中一位朋友。她跟求同學讀同一間小學，而且好像還是同班同學。

……我有點羨慕她。

「小朱莉，妳是不是喜歡求啊？」

「喜……！」

我忍不住發出怪聲。

臉頰頓時發燙。雖然有壓低音量，但她竟然在人這麼多的地方說出這件事……！

「我、我才沒有……」

「妳的臉都紅透了喔？」

「真、真的嗎！」

「騙妳的。帳篷裡面這麼暗，我根本看不見妳的臉嘛。」

小彩像是在尋我開心般咯咯笑著。

可是，我剛才的反應肯定已經露餡了。

「……啊。」

臉頰變得好燙，心臟也猛烈地跳動。

這絕對不是因為害羞，而是因為我想到了求同學。

都是因為小彩問我是不是喜歡他。

「原來是這樣啊……」

我現在總算明白在自己心中萌芽的這種情感叫做什麼了。

只要跟求同學在一起，我就覺得很開心。

心跳自然加速，心情雀躍不已，還會覺得有些不好意思，整個人有種輕飄飄的感覺，就像在夢裡一樣。

腦袋變得一片空白，跟發燒時一樣，卻不會令我感到難受，反而覺得很舒服……

而我對求同學抱持的這種感情就叫做——

「小朱莉，妳真的好可愛喔！」

「咦？小、小彩！怎麼了嗎？」

小彩突然抱住我，而且當然沒有壓低音量，讓其他女孩也跟著注意起我們這邊。

我就這樣被小彩抱著不放，心裡依然想著求同學的事情。我無法不去想他。

想不到過去只在書本或電視裡看到的愛情，竟然會降臨到我身上。

而且對方還是今天剛認識的男生……不對，早在他第一次開口跟我說話的瞬間，我肯定就已經……

「小彩，妳覺得我真的喜歡求同學嗎？」

「我覺得……？肯定是這樣沒錯！」

小彩開心地點了點頭。

比起我是不是喜歡求同學，我想她應該只是想聊戀愛話題吧。

因為我也對戀愛話題很感興趣……可是一旦自己變成主角，情況就不太一樣了。

自己愛上某人，而且這段戀情還變成大家矚目的焦點，總覺得讓人有點難為情。

「小朱莉，妳很有眼光喔！竟然看上了我們班的求！」

「小……小彩，妳太大聲啦。」

「放心！我們大家都支持妳喔！」

其他女生全都聽得一清二楚，用閃閃發亮的眼睛看了過來，不斷地點頭。

啊啊……我的臉頰好燙。害羞到快要死掉了。

「很好，那就立刻準備告白——不，這樣好像太快了點。畢竟有句俗話是『射人先射什麼什麼來著』！」

「射人……？」

「不知道啦！我只記得好像有在電視上聽到過這句話！」

「原、原來妳不知道啊……」

「這、這不重要！小朱莉，快說妳喜歡求的什麼地方！」

「這個嘛……」

她要我說出喜歡求同學的什麼地方，其實要我找出不喜歡的地方還比較困難。可是，要是我親口說出覺得他很帥，或是很溫柔之類的話，感覺有點怪怪的，所以直到最後還是說不出口。

「這、這是祕密！」

「別這樣啦！告訴我嘛！」

大家當然不可能就這樣輕易放過我，直到志工大姊姊過來提醒我們：「關係好雖然不是壞事，但妳們也差不多該睡了吧？」在此之前，我一直被大家不斷逼問。

……不過，當大家都鑽進睡袋裡完全進入夢鄉後，睡不慣的床與陌生的情感還是一直困擾著我，結果當我睡著時，外面的天色已微微發亮——

然後，當我再次醒過來時，已經在爸爸準備載我回家的車子裡了。

沒錯，直到最後的最後，也就是夏令營解散的時候，我都一直在睡覺……！

這種事後不管回想多少次都會後悔的回憶就叫做「黑歷史」，而我實在沒想到自己會在這種地方睡過頭，這件事對我來說毫無疑問就是黑歷史。

這場夏令營的第二天幾乎沒有任何活動，只有搭乘遊覽車回家而已。

因為小學生的體力沒那麼好也不懂得分配體力，在夏令營裡全力玩耍後，第二天不可能還有太多行動力，所以這也是理所當然的安排……因此就算我沒辦法在踏上歸途之前醒過來，也不會有太大的問題。

我至今依然無法忘記自己一覺醒來，卻隔著後照鏡看到爸爸那張臉時的心情。

雖然就算我沒有睡過頭，也不可能去向求同學告白，但我還是無法接受……！

爸爸還告訴我，說有個男生把睡著的我從遊覽車上揹下來……那個男生絕對是求同學。

我沒能跟他道別……也沒機會記住讓他揹著的感觸。

可是，我很快就能再次見到求同學。畢竟他就住在鄰鎮，而且明年應該也會舉辦夏令營。

當時的我是這麼想的。

然而我的願望沒有實現。

因為我根本沒有專程去鄰鎮找他的勇氣！

而且沒想到從那一年以後，夏令營就因為預算的問題停止舉辦！

後來又過了很久，結果我再也沒機會跟求同學見面。

初戀結束得莫名其妙，我得到了僅有一天的幸福時光，卻得永遠背負著失戀的傷痛。正當我如此想著，準備以青春期國中生常有的浮誇式悲觀想法為這段戀情劃下句點時——

「不好意思打擾了。呃……請問妳就是昴的妹妹嗎？」

下一個夏天來臨了。

◆◆◆

我變成國中三年級的學生。

他變成高中一年級的學生。

我們都比當時長大了許多，但我很快便認出他就是那個求同學。

雖然他的長相變得更帥，身高變得更高，聲音也變得低沉了些——但我當時從他身上感受到的溫柔氣質完全沒有改變。

「啊，呃……」

哥哥突然把求同學帶來家裡的那一天正好也是暑假，就跟我初次遇見他的時候一模一樣。

我是個考生，但那一天沒去圖書館也沒去學校，而是在家裡念書。我當然沒想過求同學會來到家裡，也沒打算跟家人之外的人碰面，所以……！

所以我穿著實在無法見人，不但非常邋遢，而且一點都不可愛，完全就是睡衣的小可愛跟短褲，與我的初戀對象重逢了。

可以跟求同學重逢的絕佳好運，以及讓心儀對象看到邋遢模樣的最壞厄運幾乎同時造訪，讓我完全亂了陣腳。

「喂，求，拜託你不要嚇唬別人的妹妹行嗎？」

「我沒有嚇唬她，只是跟她打聲招呼。要是有個陌生人出現在自己家裡，你妹妹才會真的被嚇到吧？」

哥哥傻眼地這麼責備求同學，而求同學也很不客氣地回答他。

其實我沒對家人說過求同學的事情。

因為我想把跟他之間的回憶，當成只屬於我的寶物，就像人會把寶物偷偷藏在只屬於自己的寶箱裡一樣。這只是我的一點小任性。

所以，哥哥並不知道我把初戀獻給求同學的事情，也不知道我曾經在夏令營裡認識一個叫做求的人。

「奇怪……？」

然後求同學他——

「我是不是曾經在哪裡見過妳……？」

沒有發現我已經快要慌到瘋掉，還探頭看向我的臉。

沒被他認出來的打擊，還有他把臉貼過來的怦然心動讓各種情緒湧上心頭，我甚至忘了呼吸。

「喂，誰准你搭訕我妹妹的？」

「才沒有搭訕。啊啊，我好像快要想起來了……」

「夠了喔，給我離她遠一點。」

求同學絞盡腦汁努力回想，卻被哥哥抓住肩膀從我面前拉走。

這讓我鬆了口氣，但又覺得有些遺憾……我現在的心情果然很複雜。

「話說回來，這可真是叫人意外。雖然我妹妹確實是個用『美少女』一詞還不足以形容的美少女，但我實在想不到你竟然會對她出手。」

「就跟你說不是那樣了……」

哥哥露出不懷好意的奸笑，讓求不耐煩地嘆了口氣。

儘管哥哥的外表看起來很輕浮，其實他很重視私人空間，卻還是把求帶回家裡，可見他們兩人的感情不錯。不過光是看到這種小小的互動，我就知道他們兩個感情很好了。

「我姑且幫你們介紹一下吧。她叫朱莉，是我引以為豪的妹妹。這位是白木求，是我高中的朋友。」

「妳好……咦？Akari（朱莉）？」

「唔！」

求對我的名字有所反應，驚訝得睜大眼睛。

他該不會想起來了吧……！

「喂——求？你該不會又要說『我好像曾經在哪裡見過妳』了吧？」

「可是，我好像真的在哪裡見過……不，抱歉，我說這種話也只會讓妳覺得困擾吧。」

因為哥哥在旁邊搗亂，求同學放棄回想了。

話雖如此，我沒辦法責怪他。畢竟我也不曾告訴別人自己在夏令營遇到的事情，而且那已經是好幾年前的事了。他會忘記也很正常。

如果我告訴他這件事，但他還是想不起來的話……想到這裡，我就沒辦法主動說出這件事。

「沒、沒關係，我一點都不在意。」

我努力裝出平靜的樣子，笑著對求同學這麼說。

不過我的笑容很僵硬，顯然是勉強裝出來的，聲音也在微微顫抖。

「那朱莉，我要把這傢伙帶去房間了，如果我們吵到妳，就跟我說一聲吧。」

「呃……嗯，我知道了。」

「求，我們走吧。」

「喔……」

求同學就這樣被哥哥拉著手臂帶走了。

雖然我只能目送他們離開……心裡卻一點都不覺得絕望。

因為我跟原本以為再也見不到的心上人重逢了。

而且這次不是萍水相逢。既然求同學是哥哥的朋友，那麼我們今後肯定還會再見幾次面。

我有種彷彿一直以來停滯不前的時間終於動了起來的感覺，無法不去感受自己內心的激動。

我非常開心，而且心中充滿幸福，還能重新感受到那個夏天的溫暖——

然後…………我們之間什麼事情都沒有發生，三年就這樣過去了……！

「咦？原來妳從以前就喜歡求了嗎！」

我跟學長重逢後過了三年，時間來到今年的黃金週。

當進入大學後就開始獨自生活的哥哥回到老家時，我哭著對他說出一直深藏在心裡的感情。

無論是朋友還是家人，我從來不曾把這份感情告訴任何人，卻偏偏告訴了跟我的心上人是朋友的哥哥。

沒錯——自從跟學長重逢後，我們兩人的感情直到今天都沒有任何進展。

我幾乎沒有展開過攻勢，就這樣看著學長畢業，然後再次失去了與他之間的聯繫……我心中充滿了後悔、寂寞與自我厭惡，只能求助於我跟學長之間最後的聯繫，也就是我哥哥了。

第一次聽我說出深藏在自己心中的感情後，哥哥當然表現出前所未有的驚訝，誇張地從椅子上摔了下來。

不過因為摔倒時的撞擊似乎讓他冷靜下來，所以這或許不算壞事吧。

「這樣啊……我也很想幫助可愛的妹妹，但真沒想到對方偏偏是求啊……」

因為我哭了，於是哥哥把袖珍包面紙丟過來，露出傷腦筋的苦笑。

「難道你，不希望我跟學長……在一起嗎？」

「不，那傢伙是個好人，如果他能變成我的妹夫也不是一件壞事——不，我反倒覺得這樣很棒。感覺好像很有趣。」

「妹夫——！哥哥！你也未免扯太遠了吧！」

「會嗎？可是妳不是喜歡求嗎？難道不想跟他交往，最後走到結婚這一步嗎？」

哥哥毫不客氣地這麼說，彷彿這是一件理所當然的事情，讓我覺得自己可能找錯商量的對象了。

「我不知道，不知道啊……！我只是很喜歡學長……現在才會覺得寂寞，就只是這樣……」

我從未想過交往後的事情。

因為對我來說，學長並不是理所當然會在我身邊的人。他還只是我單方面仰慕的遙遠存在……

因此我想要更進一步，先跟他打好關係。我想讓自己能理所當然地跟他說話。

我並非從未想像過更進一步的發展——但那種未來對我而言就跟奇幻故事一樣不

真實。

「朱莉啊，雖然我覺得純情女孩很惹人憐愛，不過要是妳一直這麼內向，就永遠無法得到求喔。」

「得、得到他——？」

「讓我想想……我們來談談某個真實存在的人吧。若我說出那人的本名，結果妳發現自己認識對方，應該會覺得很尷尬，所以我們姑且叫她『松本小姐』吧。」

松本小姐……這個假名還真是常見。

「松本小姐是大我們一屆的學姊。我記得她跟求一樣都是圖書委員。」

「她跟學長待在同一個委員會啊……真教人羨慕。」

「這有什麼好羨慕的……」

哥哥傻眼地嘆了口氣。雖然平常總是讓人嘆氣的哥哥做出這種反應，讓我覺得有些不爽，但是對這位我從未見過，跟學長同時加入同一個委員會的松本小姐（假名）感到嫉妒這件事，還是讓我覺得很難為情。

「算了，這不重要。總之求當時好像就是在那位松本小姐的指導之下，學習怎麼做圖書委員的工作……結果不小心喜歡上對方了。」

「咦……？你是說學長嗎！」

「不，我是說那個松本小姐。」

「拜託你把話說清楚行嗎！」

哥哥剛才那種說法，聽起來就像是學長喜歡上松本小姐。真是的，我差點就被他嚇死了……

「松本小姐是個頗為內向的人。即便自己不善言辭，求這個學弟也沒有抱怨，還笑著陪伴她，結果她好像就被煞到了。」

「煞到？」

「喂，別叫我解釋啦！很難為情耶！」

「那你就不要說出來啊……」

先不管這種事了，根據哥哥的說法，那位松本小姐最後好像沒有走到跟學長交往這一步。真是太好了。

「松本小姐非常內向，雖然周圍的人都能明顯看出她喜歡求，但求完全沒發現這件事，導致他們兩人的關係一直毫無進展。」

「是喔……」

「妳還好意思說這種話，這種情況不就跟某人完全一樣嗎？」

她明明喜歡學長，卻不敢直接展開攻勢，讓這段戀情只能自然消滅……啊，我也是這樣……

「求身邊可是有不少這種女孩喔。他沒發現自己其實很有女人緣呢。真是讓人不爽。」

「可、可是，學長沒有跟她們之中的任何一個人交往不是嗎！」

「是啊。也包括妳。」

「嗚……」

換句話說，我跟松本小姐都只不過是暗戀學長的女孩之一。

「雖然求還跟不少女孩有曖昧，像是鶴羽小姐、杉小姐和秋櫻(Cosmos)小姐等等，但結局通常都一樣。」

哥哥不知為何一直拿藥妝店的名字來當成那些女孩的假名。

可是聽他的口氣，學長跟其他女孩有過曖昧這件事，應該不是騙人的。

「總之，像妳這種女孩並不罕見……朱莉，既然現在妳已經知道這些事，妳有什麼打算？」

哥哥認真地這麼問我。

以我哥哥的身分，同時也以學長朋友的身分。

「我想……跟學長……」

對於這個問題，我心中沒有具體的想法。

我並沒有想跟學長變成什麼關係，但這正是讓自己現在如此後悔的原因……

這麼多年來，自己一直犯著同樣的過錯。只是單純喜歡著他是不行的。

「哥……我想跟學長——」

我重新為此煩惱並且思考，然後鼓起勇氣說出自己想到的確切願望。

「我想讓自己變得能隨時找學長聊天！就是在沒有重要事情的時候打電話給他，也不會被他討厭的那種交情！」

說出來了。我真的說出來了！而且還是對自己的親生哥哥說出這個願望！我明明知道他很可能笑我愛作白日夢，但我還是說出來了！

啊啊……我的臉變得好燙，心臟也快要跳出來了。

這個願望果然還是太貪心了吧？哥哥應該會覺得我這個妹妹很不知羞恥吧？我懷著這樣的想法，怯怯地看向哥哥，發現他半張著嘴愣住不動了。

「就、就這樣……？」

「咦？你說就這樣是什麼意思？我覺得這個願望已經很大膽了……」

「啊哈哈……原來如此，看來我妹妹是個很清純的女孩……雖然這不是壞事就是了。」

哥哥深深地嘆了口氣。我有種好像被人當成笨蛋的感覺。

「我再問一遍。難道妳沒有想要跟他交往，或是跟他結婚之類的想法嗎？」

「那……那應該是更之後的事情吧！我甚至還沒跟學長建立交情！現在就想交往與結婚，還有要生幾個孩子的問題，也未免——」

「喂，最後那個我可沒說喔。」

「你、你這樣就叫做『給抓到的狐狸吃炸豆皮』！」

「應該是『還沒抓到狸貓就急著算錢』才對吧（註：這是一句日本俗語，意思是八字還沒一撇）？誰會餵食已經抓到的獵物啊？」

哥哥用捲起來的雜誌在我頭上敲了一下。雖然力道很輕，但還是有點痛。

「不過，只要想想妳至今有多麼被動，就能理解妳為何會有這種想法……朱莉，我就坦白說了吧。就憑這種想法，妳是不會有機會的。」

「嗚……！」

「聽好了，像妳這樣的女孩子太多了。憑妳那種不夠強烈的動機，永遠不可能脫穎而出，搶先別人一步……不，是搶先別人兩、三步。」

「永、永遠不可能……！」

我覺得自己的頭被人重重敲了一下。

這次不是腦袋被雜誌打到，而是因為這句話而心生動搖。

「參加考試也是一樣的道理。如果學力沒有超過理想大學的門檻，就有可能不小心落榜——」

「哥哥，我該怎麼辦！要是再這樣下去，學長就要被別人搶走了！」

「……妳現在就連說別人搶走求的資格都沒有呢。」

轟磅！

我再次受到重擊。沒錯，對學長來說，我就像是路邊的石頭，不然就是村民A，或是在回收可燃垃圾的日子拿出來的資源回收物，注定要被人貼上一張寫著「今天不是回收日」的字條……！

「但妳還是有機會。因為妳還有我這個哥哥。朱莉，妳知道我是什麼人嗎！」

「只有外表能看的廢柴哥哥……」

「妳竟然敢在這種時候說我壞話！而且妳應該沒資格這樣說我吧！」

「至少我成績很好！你跟學長讀的那間大學，我也拿到了A判定！」

「早在我考上這間學校的時候，那種事就沒什麼好臭屁了吧……妳剛才還說了句莫名其妙的俗語。像妳這種女孩就叫做廢柴啦。」

哥哥露出不爽的表情，讓我想拿自己腳上的拖鞋扔過去——最後還是打消主意。

因為只有同類才會吵架。我要展現出不會隨便生氣的成熟態度，證明自己並不是廢柴。

「回到原本的話題吧。我可是妳心上人的摯友，當然也比妳更了解求這個人。」

「你這是在跟我炫耀嗎？」

「這又不是什麼值得炫耀的事情……話說，妳這種態度對嗎？」

「咦？」

「妳會來找我商量，就是因為覺得我能改變這種情況不是嗎？要是惹我不高興的話……妳知道會有什麼後果吧？」

哥哥露出不懷好意的笑容。

看到他露出那種笑容，我嚇得臉色發白。

沒錯，我是來拜託哥哥幫忙的。因為我想跟學長增進感情，想要改變現況，才會希望他能出手幫忙——

「朱莉，有求於人的時候就得拿出該有的態度——」

「哥哥，算我求你！拜託你助我一臂之力！」

「好快！妳變臉的速度太快了吧！」

我想也沒想就直接跪地磕頭。

這就是日式下跪，從古代流傳下來，最頂級的求人姿勢。

「妹妹啊，看到妳那麼拚命的樣子，我這個哥哥總覺得有點擔心耶……？」

「因為……因為這真的太痛苦了！就算我去學校也見不到學長了！每天使出各種手段把你的便當藏起來，不然就是先把便當偷偷拿走，然後在午休時送到你們班上順便跟學長見面，雖然聽起來只是小事，卻是我每天都要做的大事啊！」

「妳竟然幹了那種事！想到自己可能真的沒便當吃，我可是每次都嚇得發抖，妳要怎麼賠償我的精神損失？」

順帶一提，媽媽也是共犯。

雖然做便當的人是我，但廚房的主人畢竟還是媽媽。成功拉攏她之後，我的計畫才能開始。

這並不困難，只要跟媽媽說：「哥哥都會偷吃便當，還是讓我等到午休時間再送去給他比較好。」就能輕易搞定。

「哥哥，拜託你幫幫我！我願意下跪！這輩子就求你這一次！」

「妳也未免太拚了吧……！別這樣，快抬起頭來！仔細想想，我讓妹妹對自己下跪，要是被人看見就死定了！」

「我是懷著粉身碎骨的覺悟來拜託你幫忙。在你點頭之前，我絕不會起來。」

「這個要求也未免太沉重了吧！好啦！我幫妳就是了！」

很好，我得到他的口頭承諾了。

我不由得忘記收起笑容，直接抬起頭來，卻看到哥哥無力地垂下頭。

「唉……總覺得好累……」

「哥哥，我聽說嘆氣會把福氣都趕走喔。」

「是啊……」

總覺得很難繼續跟他說下去，就這樣在低著頭的哥哥面前等了幾分鐘，然後——

「……我想到了。」

「咦？」

「我想到了。我有辦法把妳跟求送作堆。」

「真的嗎！」

聽到「送作堆」這個悅耳的詞彙，我忍不住跳了起來。

看來哥哥似乎在低著頭的時候想好具體的策略了！

好厲害！真可靠！我喜歡哥哥（不過只有普通喜歡）！

「朱莉，妳先聽我說，這個作戰有點危險。運氣應該也會左右成敗，而且妳必須做好覺悟。」

「有……有這麼危險嗎！」

「可是，只要這個作戰的第一階段成功了，雖然只有一段期間，但妳跟求會變成隨時都能聊天的關係。」

「真、真的有這麼美好的作戰嗎！」

「不光是這樣……你們還能住在同一個屋簷下！」

「同、同一個屋簷下！」

這已經算是結婚了吧？

「妳想知道這個作戰的內容嗎……！」

「想知道！我超想知道！這輩子可能從來沒有比這更想知道的事情了！」

「我明白了。可是在我告訴妳之前──」

哥哥指向他剛才丟過來的袖珍包面紙，對我這麼說道：

「妳先把鼻血止住吧。」

「咦？啊……」

也許是因為太過興奮，我的鼻孔正不斷流出鮮血。

雖然一個純情少女不該流鼻血，但現在不是在意那種小事的時候，趕快讓哥哥繼續說下去比較重要。我立刻用面紙堵住鼻孔，然後重新面對哥哥。

儘管哥哥小聲說著：「一個難得的美少女就這麼毀了……」我故意假裝沒聽見。

「處理好了。哥哥，那我該做些什麼？」

「呃……嗯，那我要說了喔。朱莉，我要妳……物化自己！」

聽到哥哥這麼強烈主張，讓我有一瞬間愣住了。

腦袋裡只剩下點點點。可是，我很快就理解哥哥這句話的意思，然後——

「咿……！」

我很自然地用雙手抱住自己的身體，與哥哥保持距離，保護自己的清白。

「等等！朱莉，我這麼說沒有奇怪的意思！」

「哥哥，你這人真是爛透了！你是要我出賣自己的肉體嗎！不惜說出要我做出覺悟這種重話也要勸自己妹妹去做那種事，簡直爛到極點！我要去跟媽媽告狀！」

「不是啦！我沒有要妳賣身！妳覺得我是會讓妹妹做那種事的冷血動物嗎！」

「不覺得……不，我本來不這麼覺得。直到剛才為止。」

「我的股價暴跌了！」

像這種想讓自己妹妹賣身的人渣，就應該把他從哥哥業界驅逐出去。雖然我不曉得有沒有那種業界就是了。

「朱莉，妳誤會了！我是要妳變成求的東西……啊，不對，這種說法就跟沒解釋一樣啊！」

「咦？要我變成學長的東西……！聽起來怎麼有種危險的感覺……！」

「喂，朱莉小姐，妳的眼睛怎麼變得閃閃發亮了？雖然這是我提議的事情，但妳這樣反而會嚇到我耶。」

「哥哥，繼續說下去。根據你的說法，我會考慮改善對你的評價。」

我重新正襟危坐。即便臉頰抽動，哥哥還是清了清喉嚨準備重新開口。

「聽好，對求來說，現在的妳只不過是『我的妹妹』。他說不定根本不把妳當成熟人。」

「嗚……」

「可是，如果是這樣，只要透過我牽線就行了。我應該……對了，我有辦法讓妳在暑假期間住進求獨自生活的套房！」

「你要……讓我住進學長獨自生活的套房嗎……！」

「而這個作戰的第一步……就是我去向求借錢。」

「咦？」

儘管我只覺得哥哥突然說出沒頭沒腦的話，但是哥哥的表情非常認真。

「然而，由於我遲遲無法還錢，為了彌補他的損失……我會把妳當成抵押品送去他家！」

「也就是說……我會被當成你欠錢不還的抵押品，變成學長的東西嗎……？」

「沒錯。老實說做這種像是讓自己妹妹去當人質的事，我這個哥哥也很心痛。」

所以他才會叫我物化自己。原來哥哥剛才的人渣發言是這個意思。

可以住進學長的套房是件非常有魅力的事情，不過這招真的有用嗎？

「難道學長不會覺得奇怪嗎……？」

「這個藉口可能真的很奇怪，但如果只是拜託他讓妳借住幾天，他應該不會答應吧。因為只要讓妳住在我家不就行了嗎？畢竟我們是兄妹。」

「嗚……這樣確實比較合理呢……」

「就算準備了不方便讓妳住在我家的藉口，他也可能會說女孩子不應該住在男生的家，把妳帶到他的女性朋友家裡。不過，這也是那傢伙的優點。如果他是那種覺得有女高中生自己送上門是件好事的輕浮男生，我無論如何都不會把妳交給他。」

哥哥說得沒錯，考慮到學長的個性，我很容易就能想像得到那樣的未來。

正如哥哥所說，那是學長的優點，他這種誠實的地方我也非常喜歡。

「不過，那傢伙的缺點就是耳根子太軟了。既然對方是個有常識的人，那我們就用不合邏輯的事情對付他。只要做好事前準備就行了。」

「事前準備……」

「不管理由是什麼都好，讓妳幫我抵債是最容易實現的做法。因為只要我跟他借錢不還就行了！然後妳只要幫我扛起責任，不說一聲就帶著行李自己送上門就行。」

「自己送上門……！這麼大膽的事情……」

「別跟我說妳辦不到喔。我可是不惜被摯友當成一個欠錢不還的糊塗鬼，也要挺妳這一次。既然決定要這麼做，妳也得做好為達目的不顧顏面的覺悟。」

「哥哥……」

我心裡早就有答案了。不是想跟學長發展成什麼樣的關係，或是想不想住進他家這種問題的答案，而是更根本的事情。

我想跟學長見面、想跟他說話。倘若可以實現這個願望——

「明白了。我要試試看！」

我們兄妹倆就這樣為了攻陷學長，發下了一生一世的豪言壯語。

我緊握著拳頭抵在胸前，暗自下定決心，卻被哥哥吐槽了。

「可是，妳現在光是妄想就會流鼻血，想跟求住在同一個屋簷下，簡直就是天方夜譚啊。」

「嗚……！我會努力鍛鍊自己的抗性！反正現在離暑假還有一點時間……！哥哥

你也要幫忙鍛鍊我喔！」

「妳是考生吧。去念書啦。」

雖然哥哥冷冷地吐槽我，但他依然是個很疼妹妹的哥哥。

他實現我的要求，把他在高中時代拍的學長生活照（我將這些照片稱作至寶），以及畢業紀念冊（照片裡經常出現正在偷看學長的女生）拿給我，讓我透過每天攝取學長成分，逐漸提高對學長的抗性。

剛開始的時候，因為攝取太多學長的帥氣與可愛，還有各式各樣的帥照，讓我出現了喘不過氣與心跳過快這樣的戒斷症狀。上學時小璃也曾經擔心地問我：「妳是不是嗑了什麼不該碰的藥物？」

可是，我還是努力壓下那種亢奮，逐漸變得能夠控制心跳與呼吸，讓自己反倒是在攝取學長成分時更能保持平靜。

在進行這些事前準備的同時，為了不讓父母操心，我依然有兼顧學業，模擬考與定期考試的成績都保持在全校第一，而我的努力沒有白費，成功地讓他們同意我在高中三年級的暑假長期外宿。

名義上是住在哥哥的住處，但我真正要住的地方當然是……！

我讓手機螢幕顯示著哥哥用郵件傳過來的學長住址，為了壓抑變得愈來愈激動的心跳，不斷地深呼吸。

夏天的陽光毫不留情地灑在身上，即便身體快要因為中暑之外的其他理由倒下，我還是咬牙硬撐，拚命伸出顫抖的手，然後……

「（吞口水）……」

不知道吞了多少口水潤濕喉嚨後，我終於——

——叮咚。

終於按下了學長家的門鈴。

我最喜歡夏天了。

因為那是讓我初嘗戀愛滋味的季節。

雖然我過去曾經無數次感到後悔與羞愧，但還是得到了更多的喜悅。

然後，時間來到這個夏天。這是高中的最後一個夏天。

我感受著有別於酷暑的火熱以及激動的心跳，說出練習過幾十，甚至幾百次的話語，確信了一件事。那就是——

「白木求學長，好久不見。謹遵哥哥吩咐，小女子來擔任抵押品了。今後還請學長多多指教！」

我今後還會變得更喜歡夏天。

後記

感謝您拿起這本《借給朋友500圓，他竟然拿妹妹來抵債，我到底該如何是好1》。

我是作者としぞう。

這部作品得到了カクヨム舉辦的第二屆Fami通文庫大賞的特別賞，因此得以出版成冊。

這部作品是在二〇二〇年的十月十六日得獎，直到二〇二一年的九月三十日才出版上市，中間隔了一年左右，但最後還是順利來到大家面前，讓我鬆了口氣。

關於這部作品，如同您看到的書名，是一個朋友的妹妹突然自己送上門的故事。

雖然這種情節讓人相當興奮……但我現在回頭想想就覺得，如果這種事情真的發生了，確實會讓人不曉得該怎麼處理。

儘管朋友的家人感覺好像不是陌生人，但距離可能比我們完全不認識的外人還要遙遠。

就算是感情很好的朋友，不是也很少會介紹家人給我們認識嗎？

當我們去朋友家玩的時候，也會在借用廁所時在走廊上偶然遇到朋友的兄弟，只能尷尬地說聲：「不好意思打擾了，嘿嘿……」之類的……

雖然這種話不該由自己來說，但這種看似距離很近又無比遙遠，與朋友妹妹展開的愛情喜劇實在很耐人尋味，既夢幻又美妙。就算這種話不該由自己來說！

在寫這部作品的過程中，讓我寫得最開心的角色，果然還是女主角宮前朱莉。

即便與求之間的距離令她感到絕望，她也沒有放棄希望，在哥哥的煽動之下鼓起近似自暴自棄的勇氣——她同時擁有年輕人才有的積極心態，以及原本的怕生性格造就的膽怯。我覺得正是因為女主角只有一個，才能充分展現出她的魅力。

如果能讓更多讀者喜歡上這位名叫「宮前朱莉」的女孩，就是最令作者我開心的事！

負責繪製插畫的雪子老師真的把她畫得很可愛，令我感激不盡。

除了一張彩頁之外，小朱莉幾乎占據了本書的所有插畫……能看到小朱莉的各種表情真是太棒了。我這個作者也已經完全變成她的粉絲。

而且就連在漫畫上，也能看到小朱莉的奮鬥喔！

改編漫畫已經開始在「電擊COMIC REGULUS」這個網站上連載了！

漫畫是由金子こがね老師負責繪製！老師筆下的小朱莉真的很可愛呢！

與作者的身分無關，我會純粹以一個讀者的身分，期待看到這部作品。希望大家也能跟我一起欣賞這部作品！！

然後然後……我要宣傳一件跟這部作品無關的事。

既然上面的人跟我說可以趁機宣傳，那我就不客氣囉！

其實……我正在準備寫新作。

書名就是……這個！

《百合の間に挟まれたわたしが、勢いで二股してしまった話（暫定）》！！！

這部作品預計在秋天之後，由OVERLAP文庫出版！（註：此為日本出版時間）

看書名便可得知，這是一部女孩子之間的愛情喜劇。

我是第一次挑戰這種故事，若是覺得從小朱莉的視點展開的故事很有趣的讀者，絕對絕對絕對會喜歡這個故事！（強烈的口吻能體現出作者的自信）

關於這部作品，我也會在自己的推特帳號上進行宣傳，請感興趣的讀者務必跟隨我的帳號！（光明正大地誘導讀者）

事情就是這樣，雖然最後那些話與這部作品毫無關係，不過……

我要藉著這個機會，再次向各位相關人士致上謝意。

我要感謝負責繪製插畫的雪子老師，還有負責繪製改編漫畫的金子こがね老師，以及Fami通文庫與「電擊COMIC REGULUS」的編輯大人。因為他們與許多相關人士的鼎力相助，這部作品才得以問世。

我還要感謝買下這部作品的各位讀者。

各位買下的每一本書，都關係到這部作品的未來。

雖然這部作品今後將會如何發展，還得視銷量與大家是否喜歡而定，但我想要努力寫下去，報答各位的恩情！

（如果各位覺得這部作品有趣，請務必寫下您的感想與評論。因為這會讓我覺得很幸福。我一定會笑著看完各位的感想。）

因為我寫了這麼多，頁數都快被我用完了。

我要再次感謝這部作品的所有相關人士。衷心希望這部作品可以帶給各位讀者一段幸福的時光。

としぞう

感謝您拿起這本書！
水手服就是
正義！

男女之間存在純友情嗎？（不，不存在！）1~4下 待續

作者：七菜なな　插畫：Parum

悠宇與凜音的獎勵之旅IN東京！
摯友及創作者究竟該選哪一邊呢？

這場瞞著日葵的兩人旅行固然讓人臉紅心跳，悠宇也沒有忘記這一趟還有另外一個目的——那就是從東京的飾品創作者身上得到成長的啟發。正當兩人一再產生誤會時，有人邀請悠宇參加飾品相關的個展，就此演變成悠宇與凜音賭上夢想的夏日大對決！

各 **NT$200~280 / HK$67~93**

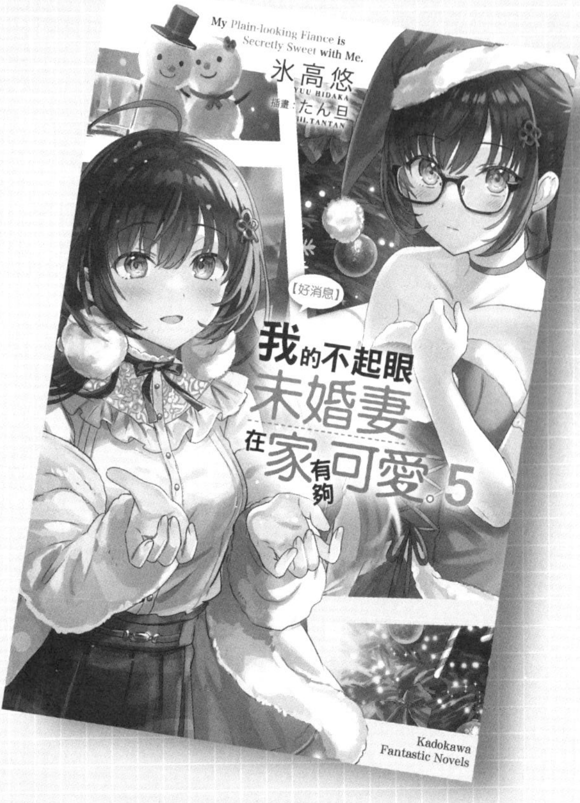
My Plain-looking Fiance is Secretly Sweet with Me.
氷高悠
YUU HIDAKA
插畫：たん旦
ILL.TANTAN
【好消息】
我的不起眼未婚妻在家有夠可愛。5
Kadokawa Fantastic Novels

【好消息】我的不起眼未婚妻在家有夠可愛。 1~5 待續

Kadokawa Fantastic Novels

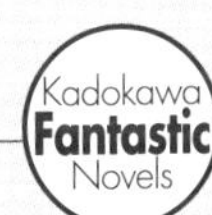

作者：氷高悠　插畫：たん旦

季節來到有著許多活動的12月，
遊一與結花的關係也將更進一步！

寒假即將來臨！教室裡、慶功宴上，結花努力和班上同學培養感情，甚至不惜Cosplay？遊一跟上結花的店鋪演唱會行程，展開只有兩人的旅行！而且必須在外過夜？接著來臨的是聖誕節。兩人在第一次共度的聖誕夜裡得到了什麼樣的「寶貴事物」呢——

各 **NT$200~230/HK$67~77**

國家圖書館出版品預行編目資料

借給朋友500圓,他竟然拿妹妹來抵債,我到底該如何是好/としぞう作 ; 廖文斌譯. -- 初版. -- 臺北市 : 臺灣角川股份有限公司, 2023.04-

冊 ; 公分. -- (Kadokawa fantastic novels)

譯自 : 友人に500円貸したら借金のカタに妹をよこしてきたのだけれど、俺は一体どうすればいいんだろう

ISBN 978-626-352-448-4(第1冊 : 平裝)

861.57 112001739

Kadokawa
Fantastic
Novels

借給朋友500圓，他竟然拿妹妹來抵債，我到底該如何是好 1

（原著名：友人に500円貸したら借金のカタに妹をよこしてきたのだけれど、
俺は一体どうすればいいんだろう）

2023年4月19日　初版第1刷發行
2023年6月19日　初版第2刷發行

作　　者：としぞう
插　　畫：雪子
譯　　者：廖文斌

發 行 人：岩崎剛人
總 編 輯：蔡佩芬
編　　輯：楊芫青
美術設計：洪晨萱
印　　務：李明修（主任）、張加恩（主任）、張凱棋

發 行 所：台灣角川股份有限公司
地　　址：104台北市中山區松江路223號3樓
電　　話：（02）2515-3000
傳　　真：（02）2515-0033
網　　址：www.kadokawa.com.tw
劃撥帳戶：台灣角川股份有限公司
劃撥帳號：19487412
法律顧問：有澤法律事務所
製　　版：巨茂科技印刷有限公司
ISBN：978-626-352-448-4